Thierry Jonquet

La vigie

et autres nouvelles

Avant-propos
d'Hervé Delouche

Gallimard

Thierry Jonquet est né en 1954 à Paris. Son œuvre est très largement reconnue. Sur un ton singulier, il écrit romans noirs et récits cocasses, où se mêlent faits divers et satire politique. Ce romancier figure parmi les plus doués de sa génération.

VIGIE n. f. — (port. *vigia*, de *vigiar*, « veiller ») : homme de veille placé en observation à bord d'un navire. *Dixit* le Larousse.

La vigie, c'est une nouvelle qui clôt le recueil homonyme actuellement entre vos mains. Une histoire parue dans *Le Monde* en 1996, quand le très sérieux quotidien s'acoquina le temps d'un été avec le genre « noir », sous la houlette du fin connaisseur Bertrand Audusse. La *short story* de Jonquet y côtoyait celles de l'Américain Charyn et des Français Marc Villard, Daeninckx et Picouly.

Mais la « vigie », pourquoi ne serait-ce pas Thierry Jonquet lui-même (au sens défini plus haut, pas pour lui faire incarner — qu'il se rassure — ce pauvre bougre de Marcel, guetteur inopiné de sa nouvelle) ? Jonquet s'est embarqué il y a seize ans sur un bateau de romanciers flibustiers, pavillon noir au vent. « J'étais un flibustier qui se perdait dans la mer de l'emploi du temps à la faveur de la moindre brise », confie-t-il d'ailleurs dans *Trente-sept annuités et demie*, un texte hilarant de ce recueil qui évoque son passage bref et mouvementé au sein de l'Administration. En haut du navire, la vigie est ce barbu taciturne, une éternelle pipe au bec, peu loquace mais sacrément observateur, et rigolard du dedans. L'homme scrute le monde alentour, avec rage et avidité ; ni donneur de leçons ni dénonciateur, il en éclaire les zones d'ombre. Surtout, sa plume transforme la réalité, noire à souhait, on le sait bien, en des histoires extraordinaires (comme on va en lire ici) où se mêlent l'effroi et la surprise, le fantastique et l'humour. Disons-le tout de go : notre homme de veille, à qui rien n'échappe, est aussi un alchimiste du verbe. Ainsi régale-t-il ses compagnons d'aventure, y compris les moussaillons (Jonquet est aussi un « auteur pour enfants », apprécié de ceux-ci), lors d'escales à l'île de la Tortue ou — plus simple mais moins exotique — dans nos librairies de prédilection.

Mais comment est-ce arrivé ? Comment est-il devenu un de ces « travailleurs du noir », celui qui, après des études de philosophie, fut successivement marchand de lessive, peintre de bandes blanches sur les routes, livreur de chapeaux de mariée puis ergothérapeute dans divers hôpitaux... ? Sherlock Holmes et Dashiell Hammett ne soufflèrent pas sur son berceau, et les polars que d'autres dénichaient chez les bou-

quinistes ne vinrent pas pimenter ses apprentis-
sages adolescents. Alors, écrire des polars ? « Il y
a des gens qui écrivent par vocation, après en
avoir longuement ressassé le projet, d'autres par
hasard, à l'impulsion, parce que l'occasion s'en
est présentée un jour. C'est mon cas. Voici une
dizaine d'années, menacé de chômage, j'échouai
comme soignant dans un service de gériatrie.
Rassemblant les riants souvenirs glanés dans ce
mouroir, je couchai sur le papier quelques dizaines de milliers de signes, à la faveur d'un
congé maladie réparateur » *(Trente-sept annuités
et demie).* Noire était l'ambiance, à l'hôpital
Dupuytren de Draveil, et l'expérience vécue dé-
clencha le passage à l'acte : l'écriture de romans
criminels. La démarche venait une fois de plus
illustrer le propos de Blaise Cendrars : « Je ne
trempe pas ma plume dans un encrier mais
dans la vie. » Ce n'est pas non plus un hasard si
les deux premiers livres de Jonquet, *Le bal des
débris* et *Mémoire en cage,* furent publiés par le
talentueux découvreur Patrick Mosconi (on lui
doit les débuts de Fajardie, Delteil, Pouy, Pen-
nac, Raynal… pas mal, non ?) dont le slogan
éditorial était : « La vie nous intéresse ! » La vie,
toujours la vie, contre les littérateurs en chambre, contre les purs esprits.

En pleine régénérescence, suite au mouvement « néopolar », la Série Noire, tout naturellement, allait ouvrir ses portes à notre romancier.

Il serait même choisi pour porter le dossard du n° 2000 avec *La Bête et la Belle*, mince d'honneur quand on sait que Jim Thompson *himself* avait porté les couleurs du 1000 avec... *1275 âmes*. Le regretté Robert Soulat, qui présidait alors aux destinées de la noire collection de chez Gallimard, la définissait en ces termes : « Une bonne Série Noire [donc, par extension, un bon roman noir, NDA], c'est une histoire violente, policière, qui a du rythme, des personnages qui tiennent le coup, une ambiance particulière, assez baroque, et qui entre en plein dans notre époque. Et puis il faut qu'il y ait de l'humour. » Ces mots n'édictaient pas de nouvelles tables de loi, mais à coup sûr dessinaient les *contraintes* d'une littérature de genre — des contraintes bénéfiques, assurant le *tempo* des romans et n'attendant que le talent des auteurs pour être transgressées de toutes les manières possibles, pour le plus grand plaisir des lecteurs. À Jonquet, qui avait adhéré des années auparavant au *Programme de transition* de Léon Trotsky, une telle plate-forme ne pouvait que convenir, organisatrice d'un espace de liberté en littérature, hors des canons de la morale et de la mode. De nombreux romans, et les nouvelles écrites en parallèle, sont là, depuis, pour en témoigner.

Ces nouvelles, justement, ne font pas désordre dans le paysage noir de l'auteur. Écrites au gré des circonstances, d'un recueil saluant Mai 68 à un hommage à Albert Ayler, elles sont, dans le prolongement de l'œuvre, son reflet fidèle. Les mânes de Soulat les inspirent, la « note » Jonquet s'y révèle entièrement. Peu présente est la police — l'auteur la réserve pour des romans de procédure criminelle, *Les orpailleurs* ou *Moloch*, publiés dans la Série Noire. Absent, le détective — il ne trouve pas sa place dans son imaginaire (« J'ai horreur des histoires de privé », confiait-il dans les années 80 à la revue *Asphalte*). Mais les « personnages qui tiennent le coup » ne manquent pas ! C'est même une sacrée galerie de zozos, d'abrutis, de déjantés, de psychopathes qui défile au long des pages de *La vigie*. Et campés avec quel bonheur de plume !

Ainsi les chefs américains du Syndicat du crime, Al Capone et Lucky Luciano, râlant tout leur saoul d'avoir été mis au deuxième rang, au grand spectacle du Lucifer Paramount, derrière des massacreurs plus efficaces comme Nivelle, Pol Pot ou Khomeiny *(That's Entertainment)*. Ainsi Marcel, le jeunot d'un bourg de l'est de la France, « qui s'était fait rectifier la jambe droite aux avant-postes de Sarajevo, depuis traînait sa prothèse de bistrot en bistrot »… et, de volontaire malheureux pour la Bosnie, va se porter volontaire pour le rôle beaucoup plus gratifiant de « corbeau » de campagne *(La vigie)*.

Ainsi le délateur banlieusard, « *clean* et sans embrouilles », qui balance gentiment à la presse locale les crimes des frères Lakdaoui dans une confession au langage très authentique *(Le témoin)* qui rappelle joliment *La vie de ma mère !*, roman publié par Jonquet en 1994. Ainsi même Pingleau, chef de service tyrannique, d'éternelles spartiates aux pieds, natif de l'insignifiant village de Pougues-les-Eaux, héros malgré lui de *Trente-sept annuités et demie*. « Pingleau, crétin somptueux, d'un calibre considérable, de ceux qu'on ne rencontre qu'une fois dans toute une vie d'homme. On rit souvent des imbéciles. Pingleau est un tragédien. »

Car c'est effectivement la tragédie humaine qui passionne Thierry Jonquet ; une tragédie bien quotidienne, nourrie de faits divers sanglants, de guerres absurdes, de tout ce qui indique que, si nous vivons un siècle de progrès, il bat surtout des records dans le registre de la barbarie multicartes… Pour parler de cela, l'auteur ne choisit pas une grandiloquence grave et empesée, mais plutôt ce « baroque » total cher à Soulat et qu'on trouve chez des auteurs anglais de la SN comme Peter Loughran *(Londres-Express)* ou Christopher Wilkins *(N'y mettez pas le doigt)*.

La bizarrerie et l'excentricité sont au rendez-vous de tous les textes de ce recueil, où Jonquet, homme de mémoire, se fait aussi visiteur d'histoire. Un exemple : *La bataille des Buttes-Chau-*

mont, racontée sur un ton à la fois drolatique et horrifique par un mystérieux narrateur dont l'identité en surprendra plus d'un. (Depuis *La Bête et la Belle*, on sait qu'on peut s'attendre à tout !) Nous nous y retrouvons sur les hauts de Belleville — ce quartier populaire qui accueillit les réprouvés du monde entier et connut le martyre lors de la répression de la Commune et sous l'Occupation — en plein milieu d'une gigantesque guerre à l'étranger, version *Apocalypse Now*, qui pourrait n'être pas si futuriste que cela... On s'esclaffe de rire, et dans le même mouvement on a froid dans le dos. Car l'humour, omniprésent ici même au cœur du tragique, est l'arme des pessimistes de raison, de Groucho Marx à Pierre Desproges. Et c'est à eux qu'on pense dans les désopilants passages où l'on trouve d'anciens employés d'Intourist chargés hier de faire visiter les merveilles du régime soviétique et aujourd'hui reconvertis dans l'animation de médiocres jeux de rôles sado-érotico-aventuriers *(Natalya)*. Quand, à travers le propos du narrateur de *La bataille...*, l'auteur pourfend ainsi la stupidité raciste : « Tchétchènes, Gagaouzes, Kirghizes, que sais-je encore ? ces gens ont la curieuse manie de s'affubler des noms les plus saugrenus » (il y a là un véritable écho à la célèbre formule desprogienne — « L'ennemi est bête : il croit que c'est nous l'ennemi, alors que c'est lui ! J'en ris encore ! »).

Dernier exemple de cette truculence, Pingleau, encore lui, devenu la hantise de notre écrivain, s'immisçant dans ses récits, les sabotant, et que, pour trouver des rôles à sa mesure, Jonquet imagine tour à tour en « gaucho unijambiste, fabricant de mirlitons insomniaque, clown dans un cirque d'Oulan-Bator » — Harpo, Chico, Groucho ne sont pas loin !

Saluons enfin un art de la chute qui se renouvelle sans cesse et fait irrésistiblement penser à Robert Bloch, avec qui Jonquet partage d'ailleurs une proximité d'univers et d'atmosphère (qu'on pense à son livre *Mygale*...).

Mais, pour garder le plaisir intact, ne déflorons pas plus ces nouvelles. Comme dans les romans de l'auteur, on y trouve meurtres extravagants, fables cruelles, fantasmes fous, récits hantés par l'histoire. Et aussi une logique tordue mais implacable, une fantaisie débridée, un climat suffocant, une écriture au vitriol. « Du grand art dans la noirceur cauchemardesque », résumait excellemment Michel Lebrun. Ouvrez donc maintenant ces nouvelles et montez dans le train fantôme conduit par le Docteur Jekill du polar : Thierry Jonquet.

HERVÉ DELOUCHE,
février 1998.

Trente-sept annuités et demie

Première publication : éditions Le Dilettante, 1990

J'aurais aimé écrire une épopée, un roman de chevalerie moderne. Un gros pavé de mille pages foisonnant de péripéties, riche en personnages et mêlant la cocasserie au drame, à l'image de la vie. Un livre du genre de ceux qui paraissent au début de l'été, que les vacanciers enduits d'Ambre solaire lisent sur les plages et qui rapportent énormément d'argent à leur auteur. Oui, une grande histoire d'amour, contrariée, forcément contrariée par la guerre. La passion éperdue d'amants broyés par le destin. Avec des figures de salauds sublimes et une réelle dimension tragique, mine de rien. Du solide, en somme. Cinq cents grammes de papier gorgé d'encre, avec jaquette en quadrichromie, le tout imprimé sur machine Cameron, comme on fait maintenant.

En toute modestie, je dois dire que je n'en suis pas à mon coup d'essai. On a déjà vu mon nom sur des ouvrages mis en vente en librairie.

Il y a des gens qui écrivent par vocation, après en avoir longuement ressassé le projet, d'autres par hasard, à l'impulsion, parce que l'occasion s'en est présentée un jour. C'est mon cas.

Voici une dizaine d'années, menacé de chômage, j'échouai comme soignant dans un service de gériatrie. Rassemblant les riants souvenirs glanés dans ce mouroir, je couchai sur le papier quelques dizaines de milliers de signes, à la faveur d'un congé maladie réparateur.

Grâce à un instinct tactique particulièrement aiguisé, je parvins à échapper aux griffes du ministère de la Santé pour me réfugier dans celles, moins acérées, de l'Éducation nationale. Sauf à prévoir un incendie de préau ou une bagarre à coups de compas, je ne risquais plus de voir périr mes ouailles. L'esprit en paix, je poursuivis mes travaux d'écriture. D'autres romans suivirent. Les turbulences internes à la Fonction publique m'amenèrent bientôt à quitter l'Éducation nationale pour exercer mes talents de pédagogue dans un autre ministère. Je passai là quelques années heureuses, entouré de collègues au commerce agréable. Éphémère bonheur rompu par Pingleau, héros du texte qui suit.

Pingleau, crétin somptueux, d'un calibre considérable, de ceux qu'on ne rencontre qu'une fois dans toute une vie d'homme. On rit souvent des imbéciles. Pingleau est un tragédien.

Chef de service nouvellement chargé de superviser mes activités, il déclara les hostilités dès notre première rencontre, au mois de septembre. Ayant décrété que je ne travaillais pas assez, il tira quelques salves nourries d'avertissements officiels. Calfeutré dans ma tranchée, je fis le dos rond et contre-attaquai à coups de sabotage de réunions pédagogiques d'un effet profondément déstabilisateur pour l'ennemi, si bien qu'aux vacances de Noël Pingleau refluait en bon ordre dans ses quartiers d'hiver. Le printemps connut quelques escarmouches qui culminèrent avec une offensive disciplinaire, à Pâques. Blessé mais non vaincu, je consolidai mes positions en sapant celles de l'adversaire à l'aide des armes perfides de la guerre psychologique. Pingleau sembla fléchir au point de demander l'armistice. Magnanime, je désarmai aussitôt. Fatale négligence. À deux doigts des vacances d'été, par une manœuvre fulgurante qui me prit à revers, Pingleau me mit à genoux. J'en fus réduit à m'engager à subir sa loi ou à m'exiler loin du continent Fonction publique. J'optai pour la seconde solution. Me voici donc, relégué *in partibus*, contraint de tenter de gagner ma pitance grâce à mes travaux d'écriture.

Or Pingleau me poursuit. Non pas physiquement, sans quoi je me serais fait un plaisir de lui faire rendre gorge. Pingleau me poursuit littérairement. À peine ai-je esquissé le synopsis d'un nouveau roman, le voilà qui surgit et s'introduit à l'intérieur des personnages. De tous les personnages. Il affadit les méchants, crétinise les bons, pourrit les situations, sape la trame par ses facéties insipides, bref, me sabote le boulot.

Aussi avais-je décidé d'en finir. Il voulait s'immiscer dans la fiction ? Qu'à cela ne tienne ! J'allais lui en concocter une à sa mesure. Il serait servi.

Je fis donc quelques tentatives, sans lésiner sur les moyens. Il était tour à tour gaucho unijambiste, fabricant de mirlitons insomniaque, clown dans un cirque d'Oulan-Bator, autant de situations propres à le mettre en valeur.

Je m'aperçus alors du paradoxe suivant : si le Pingleau réel toquait à la porte du moindre paragraphe qui jaillissait de ma machine pour réclamer sa part d'imposture, le Pingleau fictif résistait à toute tentative romanesque, refusait d'entrer dans le plus anodin des scénarios. Diplomate, je lui enlevai son nez de clown, lui rajoutai une jambe, oubliai les contrées lointaines pour le confiner entre Romorantin et Montélimar, de crainte qu'il n'attrape quelque maladie tropicale ou ne finisse dévoré par les ours. Peine perdue, il était toujours là, dérapait de chapitre en chapitre, pataugeait lourdement dans la plus banale des intrigues. Pingleau était un roc.

Je compris qu'il fallait délaisser la fiction et partir du réel. De la vie de Pingleau. Écrire sa biographie, en quelque sorte. Plonger dans la littérature-vérité. Je me mis au travail. Les journées passèrent. Bientôt, je me trouvai confronté à un ennui sans fin, un ressassement de petites vilenies, une poussière de ragots, un catalogue de médisances creuses, voire insanes, auxquels je tentai de donner un vague clinquant à l'aide des enluminures de la syntaxe. La tâche était rude. La fatigue me gagnait. Mille fois la tentation du renoncement faillit me faire chavirer. Je résistai pourtant. Ayant constaté avec amertume l'inanité de toute trame narrative, je m'étais résigné à traiter le sujet sous une forme minimale.

— Le héros est inconsistant ? Fort bien, il n'y aura pas d'intrigue ! répétais-je à mes proches, inquiets de me voir m'enferrer ainsi.

Il s'agissait bien d'un désordre mental. Mon obsession, mon vertige, c'était Pingleau. Un homme d'une banalité hors du commun, le parangon de la banalité ! Celui qui l'a élevée au rang de vertu ! J'eus beau le tordre, le battre, je ne parvins qu'à en extraire un jus sans saveur aucune. Né à Pougues-les-Eaux le 14 avril 1951, Pingleau a entamé sa carrière au ministère le 17 mai 1976. Il est marié et a engendré trois petits pingleautins. L'espèce se perpétue. Que dire de plus ? Qu'il porte des spartiates d'un bout de l'année à l'autre ! Oui, c'est une particularité. Bien maigre, je le concède, mais enfin, une particularité. Un trait distinctif. Le héros consent un effort, se singularise. C'est bien le moins, quand on brigue ce statut.

Il m'est arrivé de penser parfois que Pingleau n'était pas réellement Pingleau. Il se livrait à un exercice théâtral, un jeu de rôle dont il n'avait pas compris la règle, tout simplement. Un jour, il cesserait d'incarner Pingleau, il redeviendrait lui-même. Un de mes contemporains, pourvu d'un numéro de Sécurité sociale, d'un compte en banque et d'un livret de caisse d'épargne, possédant même une automobile. Un homme sans histoires, certes. Humble parmi les humbles. Mais rongé par l'angoisse, éperdu d'amour, fatigué, meurtri, misérable et sublime à la fois. Fellah maniant l'araire, cosmonaute, maréchal-ferrant ou *golden boy*, où est la différence ? Mais, après l'avoir longuement étudié, je puis affirmer le contraire : Pingleau ne simule pas, il est réellement Pingleau ! Impossible dès lors de clore le dossier d'un haussement d'épaules !

Le résultat est là. Quelques dizaines de feuillets que je vois jaillir de l'imprimante avec la crainte diffuse de m'être égaré jusqu'aux confins du dicible. Ai-je fait fausse route ?

Peu à peu, je l'espère, une silhouette se dessine. Dépourvue de tout intérêt. Pingleau. Il ne faut attendre aucun rebondissement, aucune chute, aucun message, aucun code. Que tout soit bien clair. Je ne cherche à tromper personne. De la vie de Pingleau, je n'ai rien pu extraire que ce rebut romanesque, sans structure, sans canevas. Une tentative d'ordonner le vide, en quelque sorte.

Peut-être, en filigrane, s'agit-il du récit d'un échec ? Mais d'un échec salutaire. Depuis que je l'ai enfermé entre ces pages, Pingleau ne vient plus me tourmenter. Les mots ont agi à la manière d'un exorcisme. Je vais en paix.

I

Bien qu'il existe des tolérances en la matière, le lecteur est en droit de revendiquer dès le début du récit une description physique du héros. Je lui demanderai cependant de faire preuve de patience : l'entreprise présente en effet une exceptionnelle difficulté. Pingleau se dérobe. Il fuit, ou plutôt il devient fuyant dès qu'on cherche à le cerner. Vous le scrutez, au loin : aussitôt, il s'estompe, son enveloppe de chair semble se dissoudre dans un nuage des plus opaques.

Oui, Pingleau est invisible. Jetez-le au beau milieu d'une foule, je vous défie de le retrouver. Au cinéma, il jouerait à la perfection les silhouettes.

Décombres. Ext. jour. — *Adam, le héros, a survécu au cataclysme. Il erre parmi les ruines, hagard. Au loin, parmi d'autres, un homme passe.*

Plan américain. *Dos, bras, épaules et nuque d'un survivant anonyme.*

Le rescapé inconnu, c'est Pingleau. Indestructible. *Aere perennius.*

Aussi, puisqu'elle se dérobe, faut-il, à la manière des chasseurs, traquer la proie en relevant les fumées qu'elle abandonne au détour d'un buisson. Étudions le biotope, nous deviendrons intimes de l'animal.

ADMINISTRATION : voilà lâché le maître mot. Lâché. Comme un chien qui s'en va batifoler dans les rues et asperge de petits jets d'urine les bordures de trottoirs.

Certains se livrent à cette besogne que leur commande l'instinct — il s'agit de marquer le territoire — avec une insouciance gourmande. Musardent en route, lèvent une patte guillerette, frétillent de la croupe comme une danseuse de revue légère. D'autres pissent avec un ennui appliqué, parce qu'il le faut. Une obscure loi éthologique le leur ordonne. Ceux-là vont du caniveau à la porte du square et retour, économisant l'effort, besogneux et sévères. Ils connaissent le parcours, savent qu'il ne recèle guère de surprises. Il y a aussi les brutes, appartenant aux races agressives, doberman ou bas-rouge. Ils pissent de rage, résignés à ce rituel piteux. Mais n'en pensent pas moins. Qu'on desserre la laisse et ils montreront de quoi ils sont capables. Le prurit de la conquête leur fouaille la vessie. L'urine gicle avec dépit.

Sitôt délivré de la niche du dictionnaire, Administration file à toute allure dans les corridors poussiéreux des ministères, la queue dressée, la truffe fraîche. Tantôt bouledogue, tantôt caniche, imprévisible, il sème son message odorant selon son humeur. C'est un mot qui s'y connaît, en matière d'espace vital.

Avec ses comparses *-strateur, -stratif, -strativement,* il s'est faufilé entre ADMETTRE et ADMIRER.

Tout un programme. Admettre, administration, admirer. C'est la devise de Pingleau, modeste entre les modestes. Il admet son sort — n'est-il pas enviable ? — et admire la force occulte qui lui permet d'en jouir.

Pingleau est chef de service dans l'Administration. C'est sa fonction, conquise de haute lutte. Chef de service, c'est ainsi qu'on le repère dans l'organigramme. Il y a un service, il y a un chef, c'est une loi.

Le chef supervise la marche du service. Au sens étymologique, il la regarde de haut. On le voit, il s'agit là d'une fonction essentiellement contemplative. Mais la tâche du chef ne se limite pas à superviser. Il est d'abord chargé d'animer le service. De lui donner la vie, toujours au sens étymologique. Sans lui, le service serait inanimé.

Dès lors, les mots acquièrent une force redoutable. Insufflant la vie, puis contemplant son œuvre, le chef de service est à l'égal de Dieu.

GENÈSE DU SERVICE. — *Au commencement, Pingleau créa la photocopieuse et les trombones. Puis Il vit que cela était bon. Il institua le papier à en-tête, fournit l'agrafeuse, répartit les bureaux. Ainsi il y eut un jour ouvrable. Au second jour, Pingleau dit : Que le service soit ! Et le service fut. Et Pingleau vit que cela était bon. Au troisième jour, Il dit : Qu'on règle la facture d'EDF en retard et que la lumière jaillisse des néons ! Et la lumière jaillit des néons et par le même miracle électrique la photocopieuse se mit à rugir. Au troisième jour, Pingleau dit : Que mes trois adjoints rentrent de congé ! Et les adjoints bronzés revinrent au quatrième jour. Et Pingleau vit que cela était bon. Au quatrième jour, Il dit : Que mes adjoints soient à mon image, qu'ils règnent sur la photocopieuse, que les trombones leur obéissent. Ils firent comme avait dit Pingleau. Au cinquième jour, Pingleau les bénit et dit : Soyez féconds, remplissez les formulaires. Voici, je vous donne la semence administrative, ce sera votre nourriture. Ainsi fut achevé le service. Il y eut cinq jours ouvrables et cinq nuits et Pingleau bénit le sixième et le septième jour et se reposa de toute son œuvre qu'Il avait faite et Il sanctifia le sixième et le septième jour ainsi que les cinquante et un jours de congés annuels...*

Aujourd'hui, Pingleau est ici, à côté de la photocopieuse. Demain, il sera à la même place.

Une nouvelle strate de poussière se sera déposée sur l'appareil, perpétuellement en panne. Pingleau s'évertue sans cesse à le faire réparer. Une bonne panne, correctement gérée, occupe notre homme durant de longues semaines. Il a connu des avaries exemplaires, rédhibitoires, de véritables cas d'espèce, qui exigeaient le remplacement de la machine défaillante !

Imagine-t-on le surcroît de travail qu'entraîne ce genre d'incident ? Il faut se pencher sur le contrat de maintenance, déceler la faille, alerter le concessionnaire, rédiger un abondant courrier, récriminer, s'épuiser en négociations. Soudain, alors qu'on va aboutir, les vacances arrivent. Au retour du séjour à Pougues-les-Eaux, il faut repartir à zéro.

Le bureau de Pingleau. Il y est. On y découvre, outre la photocopieuse : le fauteuil, ergonomique, forcément ergonomique, on est moderne ; — la table ; — l'agrafeuse, la grosse, celle qui vous solidarise un rapport de trente pages d'un coup d'un seul. Encore un souci, l'agrafeuse : les détaillants n'ont jamais le modèle d'agrafes requis ; — la bibliothèque, garnie de revues juridiques et pédagogiques ; — la lampe, un scandale, la lampe, la direction départementale se réserve le stock d'halogènes, rendez-vous compte ; — une photographie des petits pingleautins sur la grand-place de Pougues-les-Eaux ; — un classeur.

Le classeur ! Pingleau le vénère. De toutes les inventions humaines, c'est celle qu'il tient pour la plus achevée ! La poudre et son vacarme le plongent dans l'effroi. La machine à vapeur, grâce à la régularité répétitive et rassurante du mouvement du piston, mérite selon lui un bon point ; elle évoque cependant trop le travail musculaire dont elle n'est qu'une métaphore mécanique pour susciter l'enthousiasme de mon héros. Ne parlons pas du radiotélescope qui brave l'infini, reculant par là même les frontières d'un monde déjà fort complexe dans ses limites connues : l'appartement de fonction, l'escalier, la rue, le bureau, et là-bas, tout là-bas, le siège de la direction départementale.

Le classeur ! Un beau modèle en carton, à soufflets, toilé de gris, avec sangle et fermoir en cuivre, voilà la perfection. Il y a *A*, il y a *B*, plus tard, inéluctablement, il y aura *H*, puis viendra *P* et plus loin encore *W* flanqué de *Y* ! *Z* enfin, fidèle entre les fidèles, ne faillira pas à sa tâche de serre-file. C'est repéré, balisé. A-t-on jamais vu un classeur alphabétique ourdir un complot, permuter ses lettres, se jouer de l'ordre ?

Si la muraille se lézarde, si la poutrelle rouille, si le marteau, perfide, se démanche parfois, jamais au grand jamais le classeur alphabétique n'esquissera le moindre geste de trahison. Sa manipulation apaise l'esprit.

Les derviches, parés de leur robe en corolle,

tournent comme des toupies des heures durant et atteignent ainsi l'extase mystique. Pingleau, derviche de catégorie B, indice 208, classe et classe et classe encore. Ne croyez pas qu'il s'occupe, histoire de tuer le temps : il prie...

Pingleau a aménagé son bureau tout seul. C'est lui qui a dessiné le plan des étagères destinées à recevoir les revues. Un gros travail :

1. Choix du bois : latté, mat, vernis ?

2. Sélection du modèle de vis. Un dilemme, les vis. Cruciformes, plates, rondes ? Sans parler des chevilles...

3. Surveillance assidue de l'ouvrier d'entretien chargé de l'exécution du gros œuvre.

4. Décoration. L'opération la plus délicate à mener. Qui se décompose ainsi :

a) pose du Vénilia ;

b) choix d'un cactus destiné à égayer l'ensemble ;

c) envoi d'une lettre à Pougues-les-Eaux afin d'obtenir un poster du mont Givre sous la neige ;

d) la lettre reste sans réponse ;

e) seconde lettre, en recommandé, cette fois. Déplacement jusqu'à la poste, attente au guichet, remise du récépissé, transport du récépissé, rangement du récépissé dans le classeur, à la lettre *P* comme Pougues et, c'est heureux, comme poster. S'il se fût agi d'un bibelot, il eût fallu trancher entre *P* et *B* ;

f) dépit de ce déferlement activiste, nouvel échec ;

g) coup de téléphone à la cousine Louise, employée aux écritures à la mairie de Pougues, qui transmettra de vive voix la réclamation au syndicat d'initiative ;

h) le poster arrive enfin. Hélas ! il aboutit dans le courrier courant du service et une main malveillante l'expédie à la poubelle ;

i) colère ;

j) rédaction puis remise à la dactylographie d'une circulaire précisant les modalités de réception et de distribution du courrier aux intéressés ;

k) inscription de la circulaire dans le registre *ad hoc* ;

l) intervention en réunion afin de vérifier la bonne ventilation de la circulaire auprès des intéressés.

Qu'on ne se méprenne pas sur le bureau de Pingleau. Il n'y passe que fort peu de temps. Son statut de chef de service suggère de l'imaginer sédentaire, allergique à la mobilité. Observant l'agitation de ses subordonnés, tantôt somnolant, potentat repu de sa quiétude, tantôt à l'affût, tel le chasseur à l'abri de sa hutte, au milieu des marais. Or Pingleau est mouvement, fluidité. C'est un marcheur. De son appartement de fonction à son bureau, de son bureau aux divers lieux où œuvrent ses adjoints, il avance, un pied devant l'autre, le droit, puis le gauche, puis le droit encore. Pingleau est l'ami du bitume.

Il porte des plis, des circulaires, des fournitures. Tout un fourbi de fournitures. La remise d'une boîte de trombones requiert une longue préparation. Il faut répertorier l'objet dans le classeur, préciser la date, le nom du destinataire, s'aviser qu'il ne pleut pas, auquel cas il conviendrait de différer la livraison. Si le temps est clément, on songe alors à un itinéraire plaisant afin de joindre l'utile à l'agréable. De la rue de la Pierre-Levée à la rue Bréguet, on choisira de passer par Bastille plutôt que République, ce qui permettra d'étudier l'état d'avancement des travaux de l'Opéra, un divertissant spectacle ; on aura de surcroît un excellent sujet de conversation avec Madame pour le souper. C'est un exemple.

D'un bout de la semaine à l'autre, Pingleau nourrit son emploi du temps de petites courses furtives. C'est un oiseau capricieux, l'emploi du temps. Enfermé dans sa cage, il réclame sans cesse la becquée. Pingleau répond à ses appels avec parcimonie mais lui offre de temps à autre une petite gourmandise. C'est fou ce que c'est court, une journée.

Une fois par semaine, Pingleau se rend à la réunion des chefs de service. C'est loin, la direction départementale. Il faut beaucoup marcher. Pour oublier la fatigue, Pingleau compte les boutiques au passage. Puis les classe par rubrique : quinze boulangeries ; — deux cordonneries ; — vingt-sept banques ; — huit papeteries ; — etc.

L'exercice est salutaire. Il stimule la mémoire, aide à dissiper la monotonie du parcours.

Le directeur départemental est le mentor de Pingleau. Son ange tutélaire. Symbiotiques l'un de l'autre, ils se palpent, s'abouchent, échangent leurs sucs hiérarchiques lors d'étreintes fugaces et bourdonnantes.

Le directeur départemental mériterait à lui seul une monographie. Il aime à se vanter d'avoir commencé tout petit, au premier barreau de l'échelle indiciaire. À la force du poignet, il a gravi tous les obstacles et déjoué moult complots pour arriver *là où il en est.* Bravache, il prodigue de petits coups de menton rageurs aux subalternes qui viennent quémander une faveur. On le sollicite, on l'implore, on l'adule. Il règne sur un quarteron de secrétaires éplorées, de frétillantes tucistes, hélas rétives aux charmes de la syntaxe et qui truffent involontairement les circulaires de savoureux contresens.

Vindicatif, tremblant de colère au moindre frémissement syndical, le directeur départemental a déchaîné les passions. À l'heure de sa nomination au poste convoité, le malheureux se vit coiffé sur la ligne d'arrivée par un vieux de la vieille, véritable poilu de la guerre de tranchées administrative, et qui parvint à le reléguer au rang d'adjoint ! Directeur départemental ! Le titre est ronflant, majestueux, presque pharaonique. Accolez-lui *adjoint* et tout le bel édifice vient à s'écrouler. Aussi notre homme n'eut-il de cesse de déboulonner son supérieur.

De la base montèrent des ricanements sarcastiques. L'adjoint fut surnommé Iznogoud, le méchant vizir qui veut devenir calife à la place du calife. Dès lors, le département tout entier sombra dans un délire orientaliste. On se mit à parler en langage codé. Le ministre fut élevé au rang de Commandeur des croyants. Le siège de la direction devint le palais des *Mille et Une Nuits*. L'intendante — alliée de l'adjoint — fut appelée la sultane, etc. Et j'imaginai volontiers Pingleau en eunuque chargé de parfumer les serviettes au hammam impérial. Pour ce qui me concerne, l'aventure prit fin le jour où Iznogoud fut réellement nommé calife à la place du calife...

S'agissant des conflits du travail, Pingleau reste prudemment à l'écart. Il n'est pas un lutteur de classe. Il considère même avec un mépris certain le combat acharné du prolétariat administratif pour son émancipation. Il raille, persifle, glousse sitôt qu'il aperçoit un tract. Il cite alors le cas des Hindous qui sont bien malheureux et ne défilent pourtant pas derrière des drapeaux rouges. Pingleau, on le voit, s'est penché sur la question et n'a pas épargné sa peine pour élaborer une théorie sociale.

Aussi, dès que le vent de la révolte souffle dans les corridors, dès que s'affirme la chaude fraternité des opprimés, dès que les damnés de la Fonction publique partent à l'assaut du ciel, Pingleau file chez son médecin. La maladie le terrasse. Une de ces affections asymptomatiques qui défient la sagacité des meilleurs pathologistes. Fort bien soigné, Pingleau se remet très vite. Généralement, la durée des troubles coïncide avec celle de la grève. À la fin du conflit, Pingleau réapparaît, frais comme la romaine, le rose aux joues. Il inspecte le front, fait sa tournée des popotes, débonnaire, recueille des anecdotes, commente le déroulement des hostilités en connaisseur. Tout s'est passé une fois de plus comme il l'avait prévu, allez, on ne refait pas le monde avec des palabres.

Pingleau ne consent à débattre qu'avec ses pairs, les chefs de service. Une fois par semaine, il va donc à la réunion. Pingleau s'y épanouit. Montrez-lui une salle garnie de chaises, d'une table ronde, ajoutez quelques cendriers, Pingleau se met à saliver. Complétez le décor à l'aide d'un *paperboard*, il est aux anges. Pingleau tient beaucoup au *paperboard*. C'est un joli mot, ça, *paperboard*. D'abord, c'est anglais. C'est comme *management*, ou *packaging*.

— Tiens, on a reçu trois ramettes de papier pour la photocopieuse, vous avez remarqué qu'ils ont changé le packaging ?

Packaging ! Ça pose son homme. Pingleau mâche le mot, longuement, le déguste. L'avale enfin. Le régurgite un peu plus tard. *Packaging, paperboard, dispatching des effectifs.* C'est irrépressible, ça remonte comme de petits rots.

Paperboard ! Un substantif qui invite au graphique, à la courbe, au schéma. On dessine devant les collègues, on trace, on commente, ici ça monte, là ça descend sans trop qu'on sache pourquoi. C'est très capricieux, les statistiques. L'assistance s'étonne, grommelle.

— Comment ? On n'a pas dispatché les effectifs suivant le timing prévisionnel ? demande Tribouillard.

— Et les listings, les a-t-on inclus dans le mailing ? s'inquiète Chassignole.

Chassignole et Tribouillard sont les alter ego de Pingleau. Les ayant fort peu pratiqués, je ne peux que les évoquer furtivement.

Sans la réunion, Pingleau s'étiolerait. C'est sa récréation. Au sens premier, l'endroit où il va se recréer. Le reste de la semaine, il se disloque. Dans le tréfonds de son âme, j'en suis convaincu, Pingleau est tourmenté par le doute. Existe-t-il vraiment ? N'est-il pas une illusion, une créature chimérique ? Ce corps dressé sur des pieds chaussés de sandales, à l'entretien duquel veille le ministère par le truchement d'un salaire et de primes, ne serait-il qu'une fiction ? Un ecto-plasme ? La cérémonie hebdomadaire aide Pin-gleau à se persuader du contraire.

Il faut en convenir, d'évidence, Pingleau jouit de toutes ses facultés mentales, encore que cer-taines en viennent probablement à s'atrophier pour cause de sous-emploi. Un observateur compétent et impartial ne pourrait déceler dans sa conduite aucun symptôme relevant d'un ta-bleau clinique répertorié. Pingleau est désespé-rément normal. Pourtant, au milieu des années quatre-vingt, il subit un grave traumatisme qui eût pu le faire basculer dans la folie. Un événe-ment extraordinaire — de nature administra-tive, facteur aggravant, on l'aura deviné — vint bouleverser son existence atone.

Sisyphe poussait son rocher vers le haut de la montagne ; Pingleau trottine en rase campagne, mains dans les poches. Si l'on voulait représen-ter sous forme de courbe graphique la vie de Pingleau, on verrait apparaître un tracé quasi rectiligne, agrémenté çà et là de renflements discrets : le premier vers l'âge de douze ans, époque de la première communion ; le second, aux alentours de la vingtième année, marque-rait son passage sous les drapeaux ; le troisième, sa rencontre avec Madame. Le quatrième ferait toutefois figure d'exception : un pic altier, fiè-rement dressé sur le papier millimétré, nous indiquerait le jour, l'heure et la minute de son entrée au ministère. Plus loin encore, après quelques vaguelettes — naissance des pingleautins, achat d'une automobile neuve, etc. — la courbe s'enroulerait sur elle-même à plusieurs reprises et dessinerait un amas de boursouflures noirâtres, témoin d'un accident occlusif, d'une authentique hernie biographique !

En voici l'explication. Un matin d'hiver, Pingleau fut soudain frappé d'une lubie qui faillit bien lui être fatale : passer un concours, devenir chef de service. De longs mois durant, il usa son énergie à potasser les manuels arides. La langue glissée entre les lèvres, le front ridé par l'effort, il recopiait les articles du règlement, peaufinait sa maîtrise du jargon administratif. Le grand jour arriva enfin. Ses efforts furent récompensés. Il franchit l'obstacle, fut inscrit au tableau d'avancement. Chef de service ! Autant dire lieutenant d'Hannibal !

Les aléas des attributions de poste firent qu'on lui demanda de patienter avant de prendre ses nouvelles fonctions. C'était la coutume, il ne s'en offusqua point. Les mois passèrent. Las ! dans cet intervalle de temps, un typhon réformateur pulvérisa le fragile ordonnancement hiérarchique. Le législateur décréta soudain que c'en était fini du grade de chef de service ! Il y aurait désormais les directeurs, les sous-directeurs ; ils régneraient sur la piétaille

des sans-grade, la plèbe des adjoints... De chefs
de service, bernique ! Disparus dans les abysses,
d'un simple trait de plume ! Inutile d'épiloguer
sur les causes — assurément complexes dans
leur interaction — de cette farouche volonté
de simplification des grilles indiciaires. Les
anciens chefs de service en poste furent auto-
matiquement promus sous-directeurs. Restait à
régler le sort paradoxal des quelques compagnons de promotion de Pingleau... ou plutôt à
ne pas le régler. On les fit lanterner dans l'espoir qu'ils renonceraient à faire valoir leurs
droits.

Pingleau est patient. Mais bientôt une sourde
colère monta en lui. Il s'épuisa en démarches,
entrevues et délégations. Il écrivit des lettres,
des mémorandums, signa des pétitions. En vain.
Il y eut des velléités de jacquerie. On vit même
une bande belliqueuse marcher sur le ministère,
Pingleau en tête. Il prit la parole lors de réunions houleuses et revanchardes. En vain.

Dès lors, il s'enfiévra. L'attitude inique de
l'Administration, mère infanticide à ses yeux, le
plongea dans un profond désarroi. Il sombra
dans un délire épistolaire, prenant la planète
entière à témoin de son avanie. Comparé à lui,
Dreyfus faisait figure de dilettante de la per-
sécution. Il y finirait, lui, Pingleau, à l'île du
Diable ! N'en reviendrait jamais !

Il fuyait les réunions durant lesquelles il

aimait tant somnoler d'ordinaire et vivait reclus, tapi dans une caverne aux voûtes garnies de traités de droit administratif, préparant de terribles réquisitoires qui jetaient l'anathème à la face du monde. D'aucuns affirment qu'il devint sale ; je n'en ai pas la preuve et ne veux médire.

Le drame connut une issue heureuse, avant que Pingleau n'alerte le Conseil d'État, menace suprême qu'il brandissait, tel Jupiter ses foudres. Un alinéa fut ajouté au texte réglementant la nouvelle distribution hiérarchique, qui sauvait Pingleau et ses pairs. La fonction de chef de service bénéficierait d'un sursis pour quelques années encore, incarnée par ce quarteron de rescapés. Cantonnés dans leurs réserves comme de vulgaires Sioux, les intéressés, sachant qu'ils ne pourraient plus se reproduire, maugréèrent tant qu'ils purent, sans obtenir plus. Cette bataille gigantesque, aux enjeux colossaux, marqua le point d'orgue de la vie de Pingleau. Dans l'avenir, notre homme pourrait sortir de sa léthargie, découvrir un continent inconnu, se faire cracheur de feu, gagner à la Roue de la Fortune, bref, vivre une exaltante aventure, rien ne parviendra à effacer le souvenir de ces combats. Bombant le torse face aux novices venus recueillir ses confidences, il pourra dire : « J'en étais ! »

Pingleau règne donc sur son fief, jaloux de ses prérogatives, la tête haute. Mais, une fois l'an, au milieu du printemps, dès que fleurissent les asphodèles, il est frappé de malaise.

Partout, en effet, les fonctionnaires sont pris d'un frisson languide, irrépressible et délicieux. De petits formulaires roses pleuvent sur les services. On oublie les frimas de l'hiver, l'heure est à l'ivresse. C'est le Mouvement. L'Administration renouvelle la sève des effectifs. Les postes sont offerts à la convoitise des impétrants. C'est aussitôt la luxure. On assiste à des accouplements hasardeux. Untel moisit depuis dix ans à Arras alors qu'il est originaire de Figeac : le Mouvement l'autorisera-t-il à permuter avec son collègue ch'timi qui se morfond dans le Lot ?

Dans certains recoins particulièrement arriérés de la Fonction publique, cette transhumance est régie par un code désuet qui emprunte au jargon ecclésiastique : on remplit une fiche de vœux. Les vœux se mettent en fiches, voyez-vous. On fait ses vœux. Comme la nonne qui aspire à passer son existence au couvent. Le service tutélaire délivre alors un *exeat*, comme l'évêque autorisant un prêtre à quitter son diocèse. Le dossier ne sera complet qu'avec l'*ineat* du service chargé de recevoir la nouvelle âme…

Pingleau déteste le Mouvement, pour lui synonyme d'incertitude. À la faveur du transfert, ne va-t-on pas lui adjoindre un de *ces faiseurs de vers, ces vauriens, ces maroufles, ces fainéants barbus, mal peignés* ? Si d'aventure tel est le cas, il lui faudra alors étudier longuement le comportement du nouveau venu, tester son allergie à la bêtise, obstacle rédhibitoire à toute survie dans le service, évaluer sa capacité de travail, s'enquérir de ses opinions syndicales… tâche harassante.

Dès la fin de l'hiver, Pingleau devient bougon. Il malmène ses trombones, détraque ses agrafeuses, s'agite, tremblote, blasphème contre les commissions paritaires, rêve d'un destin de Titan.

Un jour, cependant, lui aussi participera à la grande orgie du Mouvement. Dès qu'il aura atteint ses vingt-huit ans d'ancienneté, il pourra briguer une sinécure dans son Nivernais natal. Rien ne pourra l'en empêcher. Il s'en ira alors, d'un pas tranquille, serein, ses spartiates aux pieds, sa besace remplie de souvenirs. À son retour au terroir, on accueillera l'enfant du pays avec des murmures respectueux.

II

Pingleau m'avait déclaré la guerre. J'étais un flibustier qui se perdait dans la mer de l'emploi du temps à la faveur de la moindre brise. Patiemment, il me pista, finit par découvrir les lagunes où j'avais l'habitude de jeter l'ancre en toute quiétude, les truffa d'espions à sa solde et finit par me surprendre avec son escadre. Bombardé de toutes parts, je décidai de me saborder.

Lors de nos joutes oratoires, il m'assaillait d'un cri : « Trente ! trente ! », m'enjoignant ainsi d'obéir à une loi d'airain, aussi implacable que celle de la chute des corps. La loi des trente.

Trente-sept annuités et demie : la durée de la carrière du fonctionnaire. Dès son entrée en fonction, l'intéressé est à même de calculer la date exacte de son départ à la retraite en effectuant $(365 \times 37,5) + x$. Pingleau égrène les annuités comme les perles d'un chapelet et, perfectionniste, intègre à ses calculs les jours surnuméraires résultant des années bissextiles. Pour ma part, j'ai toujours été confondu de stupeur devant la demi-annuité qui pendouille lamentablement aux basques des trente-sept autres. À quoi cet appendice sert-il ?

Trente-neuf heures ! C'est le second axiome de la loi des trente. Une semaine égale trente-neuf heures. On ne sort pas de là. Jadis tout était limpide : une journée de huit heures multipliée par cinq jours ouvrables. La mansuétude des gouvernants est venue récemment glisser un grain de sable pervers dans le grand engrenage du temps, si bien que $5 \times 8 = 40 - 1$. Ce qui fait désordre. Dès son entrée en fonction, Pingleau a calculé combien faisaient : $8 \times 365 \times 37,5 - x$ jours de congé, samedi et dimanche inclus. Un sombre jour de novembre, je le trouvai morose et entrepris de le confesser. Il m'avoua alors avoir effectué $(60 \times 60 \times 8 \times 365 \times 37,5) - (x$ jours de congé $\times 8 \times 365 \times 37,5)$, obtenant ainsi le décompte exact de secondes qu'à la fin de sa carrière il pourrait se targuer d'avoir passées au service de l'État.

Trente, ils étaient trente, les Spartiates qui maintinrent Athènes sous leur férule après que Lysandre eut conquis la cité. Plus tard, les vaincus prirent leur revanche. Les tyrans Critias et Théramène résistèrent bec et ongles, mais l'héroïsme de Thrasybule vint à bout des despotes. Malgré l'alléchante revanche que me promettait cet antécédent historique, je préférai déserter le champ de bataille, l'abandonnant à Pingleau et à ses spartiates.

J'écoutais Pingleau gémir, se lamenter, vitupérer parfois. Je prenais des notes, avide d'apprendre. Pingleau manie en effet une langue des plus étranges, dont il est l'unique locuteur, encore qu'il n'épargne aucun effort pour initier Chassignole et Tribouillard, ses fidèles acolytes. L'Allemand Schleyer inventa jadis le volapük, qui avait vocation d'universalité. Généreuse idée qui ne connut point le succès qu'elle méritait. Pingleau s'en est inspiré. Il a créé un dialecte, dérivé du français, auquel il emprunte énormément, mais bien moins fluide. Par comparaison avec la tentative de Schleyer, je proposerai donc le néologisme de *pinglapük*.

Le pinglapük n'est d'aucune utilité dans les activités de la vie courante. Pingleau se garde bien de l'employer chez l'épicier, avec le releveur du Gaz ou en compagnie des siens. Le pinglapük est usité uniquement en réunion. Son intérêt principal est de masquer la vacuité du propos par l'imprécision de la syntaxe et l'opacité du vocabulaire.

Soit une phrase : « Il n'y a plus assez d'argent pour faire réparer la photocopieuse... »

Traduisons-la en pinglapük, nous obtiendrons :

« Les dépassements budgétaires concernant le matériel de reprographie font en sorte que les procédures de maintenance des appareils susnommés semblent devoir être différées... »

Soit une autre phrase : « C'est la faute de Pingleau ; son travail, c'est de tenir les comptes à jour. »

Nous obtiendrons alors : « Il est facile d'imputer à la hiérarchie la responsabilité d'un tel état de fait et d'aggraver cette accusation par une connotation suspicieuse. »

À première vue, le pinglapük semble se caractériser par un maniement outrancier de la paraphrase. Ce serait là une vision réductrice. Prenons un verbe en vogue (le pinglapük est très sensible aux modes linguistiques) : générer. Le moindre article de presse est aujourd'hui truffé de *générer*. « La guerre génère les souffrances, la crise génère le chômage. » Le pinglapük s'en empare aussitôt. On voit ainsi la photocopieuse générer des photocopies, le trombone générer l'attachement des formulaires l'un à l'autre... Autre exemple, la *structure*. En pinglapük, on a souvent recours à ce substantif. Le hall devient une « structure d'accueil ». L'école devient un lieu « pédagogiquement structurant ». Un bâtiment sera désigné comme une « structure immobilière ». Si l'on poussait Pingleau dans ses retranchements, il nous dirait que l'école est « une structure immobilière structurée de telle sorte à abriter des lieux structurants, pour autant qu'on l'entende sous l'angle pédagogique ».

Maintenant que le lecteur est familiarisé avec les rudiments du pinglapük, il pourra accéder à des notions plus complexes. Soit l'énoncé : « Notre travail consiste à apprendre à lire et à écrire à des gamins qui ne le savent pas. C'est important. »

Le pinglapük ne saurait se satisfaire d'une formulation aussi triviale. Il dira donc : « L'objectif proclamé/affirmé du service est de permettre/suggérer à des jeunes déscolarisés et/ou ascolarisés d'instrumentaliser et/ou de réinstrumentaliser les acquis cognitifs de base en vue d'une meilleure socialisation et/ou resocialisation ultérieure. Considérant cet objectif, il convient de mettre sur pied un lieu/structure pédagogiquement opérant. »

À vrai dire, malgré cette richesse d'invention, Pingleau est peu bavard. Il dirige ses adjoints par l'intermédiaire de petites notes, soigneusement dactylographiées, qu'il remet furtivement aux intéressés, entre deux portes, juste avant de quitter le service. Une heure plus tard, quand le destinataire a eu le loisir de prendre connaissance de cette prose et de traduire le pinglapük en français vulgaire, Pingleau téléphone.

— Ici, le chef de service ! Avez-vous lu ma note concernant vos horaires, objet que je citai

en référence ? Il appert de l'examen de vos derniers emplois du temps que vous n'effectuez
pas les trente-neuf heures de présence régle-
mentaire au service… J'attire votre attention sur
le manque pédagogique que génère ce man-
quement aux obligations statutaires…

Il s'entend répondre par une grossièreté,
proteste faiblement, puis raccroche. Une telle
attitude a toutes les apparences de la lâcheté.
Erreur ! Nous sommes bel et bien en présence
d'une stratégie offensive, dite stratégie de la
notule, ayant ceci de particulier qu'elle interdit
tout corps à corps. Pingleau est un homme pru-
dent. Pleinement conscient du risque, il l'évite.
La colère de l'adjoint se dilue dans le temps. Il
se gausse de la couardise hiérarchique, froisse la
notule. Mais, peu à peu, les doubles des notules
abondent, archivés dans le classeur que l'on sait.
Il suffit de les tirer de l'oubli, de les agrafer, de
les glisser dans une chemise, et l'on obtient ainsi
un dossier…

III

Nous avons observé Pingleau dans son bureau, puis lors de ses pérégrinations, cernant par là même le personnage public. Tentons à présent de forcer son intimité.

L'Administration a ses bontés. Elle a logé mon héros dans un cent mètres carrés, au cœur de Paris. Il y est au chaud, à l'abri des orages, dédaigneux des tempêtes. Il y jouit du volume, éperdu de reconnaissance.

Au fond des mers vivent de curieux animaux, que les zoologistes désignent sous le nom de pagures et que nous connaissons sous le sobriquet de bernard-l'ermite. Ce décapode fut privé par quelque obscur caprice de la nature de la capacité de sécréter en quantité suffisante la chitine nécessaire à la protection de ses parties molles. Aussi, bien que pourvu de pattes et de pinces, offre-t-il à la convoitise de ses prédateurs un gros abdomen grisâtre, fort mou. Le pagure a trouvé la parade et squatte la coquille de gastéropodes défunts au fond de laquelle il loge sa fragile bedaine. Quand il grandit, il se résigne à changer d'habitat et part à la recherche d'un refuge adapté à sa nouvelle taille. Durant ces brefs déménagements, il est en grand danger, aussi l'affaire est-elle rondement menée, après de pointilleux repérages. La vie du pagure s'étire ainsi, monotone, bercée par le lointain écho des marées. Il se repaît de déchets, blotti dans son coin d'herbier, fouissant le sable à la recherche de sa pitance. Mais que savons-nous de l'angoisse du pagure à l'instant où il ressent les prémices de l'exiguïté ? Une douleur diffuse, consécutive à l'écrasement de sa membrane abdominale par les circonvolutions internes de la coquille, pis, une irritation due au frottement contre une aspérité du calcaire, et voici le pagure plongé dans les affres des quêtes immobilières...

Pingleau-l'Ermite, lui, connaît fort bien ces tourments : à l'encontre de son lointain cousin des océans, c'est tous les matins qu'il doit quitter sa tanière et affronter l'adversité, sans protection aucune. Je n'ai jamais été invité à pénétrer dans son repaire et ne peux donc rien en dire. Fou de curiosité, j'ai par contre accompli le pèlerinage jusqu'à Pougues-les-Eaux, second haut lieu de la vie de Pingleau.

Ce jour-là, un frais matin d'avril, l'Hôtel-Restaurant de la Gare était désert. L'homme, sanglé dans un tablier d'un bleu passé, astiquait pesamment son comptoir. Il m'observa avec méfiance. J'étais un voyageur, il avait remarqué ma valise. Je m'assis sur la banquette de moleskine, au fond de la salle, et commandai un ballon de sancerre. Au-dehors, dans la rue, les gens se hâtaient. J'ignorais pourquoi, tout était si calme.

Mon verre à la main, j'étudiai le plan qu'on m'avait remis à la mairie. J'étais enfin à Pougues, chef-lieu de canton de la Nièvre ; altitude, deux cents mètres. J'avais traversé le Gâtinais, dépassé Montargis, gravi les collines de la Puisaye, longé la Loire à Pouilly. Soudain, Pougues m'apparut. Rue des Sainfoins, rue des Capucins, avenue Conti…

Pougues ! Pingleau y est né, il y a grandi. Enfant, il s'écorcha sans doute les genoux sur les pavés de la rue de la Gravotte, joua au cerceau dans le parc Chevalier. J'errai dans la ville, à la recherche de petits détails pittoresques qui pourraient nourrir mon récit. Je pris même quelques photographies.

Une question fondamentale me taraudait : pourquoi Pougues ? La place ne manque pas, entre Dunkerque et Tamanrasset ! Pingleau avait eu tout le loisir de choisir l'endroit où il viendrait à naître. Ce fut Pougues. Par souci de modération, sans doute. Brest, et sa citadelle battue par les embruns, était synonyme de tumulte.

Hénin-Liétard et ses crassiers évoquaient trop la servitude du travail physique. Verdun, n'en parlons pas. Nîmes ? Trop chaud. Chamonix ? Trop haut. Le Vigan ? Trop rude. Mais Lisieux, Issoire, Libourne, Nantua ? Non, Pougues, ce fut Pougues.

Un nom râpeux, accroché à la terre. Prenez Malicorne, pourtant enfouie au fond de la Sarthe, c'est joli, Malicorne, on s'autorise à évoquer de vieilles légendes. Dans un autre registre, nous avons Vendôme : l'*ô* circonflexe contraint à arrondir les lèvres, ça glisse tout seul, c'est onctueux. Idem Nemours. Cambrai fait sourire, à cause des bêtises. Lézignan chante. Sainte-Affrique laisse rêveur. Mais Pougues ? Que faire de Pougues ? Pougues et ses établissements thermaux, offrant des eaux bicarbonatées, calciques, ferrugineuses, magnésiennes et arsenicales, Pougues que Vichy, Évian et Thonon ont fait basculer dans l'oubli, Pougues qui « périclite, faute de s'être adaptée au thermalisme moderne », de l'aveu même du petit dépliant publicitaire gracieusement offert au visiteur par le syndicat d'initiative !

Le mont Givre, qui domine la cité en culminant à trois cents mètres, semblait me narguer. À l'Hôtel-Restaurant de la Gare, le sancerre était bouchonné. Je repris le train, plein d'amertume. Pingleau m'échappait, sombrait dans la banalité, une fois de plus. Il ne s'est jamais rien passé à

Pougues. Aucune bataille, aucun séisme. On n'y a signé aucun traité, la ville n'a abrité aucun homme célèbre ! Rien ! Jamais ! Désormais, j'avais vu Pougues. La conclusion s'imposait d'elle-même. Si Pingleau y était né, il ne fallait pas y voir le fruit d'une quelconque coïncidence : il y a adéquation parfaite entre l'inconsistance du personnage et l'insignifiance de l'endroit ! Dont acte. Allais-je renoncer ?

Non : restaient les spartiates ! Pingleau porte des spartiates, on le sait. Des sandales de cuir à boucle. En janvier comme en août, Pingleau se chausse ainsi. Givre, gel, giboulées, il n'en a cure. Il consent parfois à se protéger à l'aide de chaussettes, mais on sent bien que le cœur n'y est pas. C'est le trait distinctif du héros. Ce qui le rend singulier, voire unique. J'y voyais une promesse de mystère. Était-ce un leurre ?

Du reste de sa vêture, il n'y a rien à dire. Pullovers jacquard, pantalons de tergal soigneusement repassés, vestes de toile unie l'été, chaude peau lainée l'hiver, Pingleau ne verse pas dans l'excentricité, ce qu'on ne saurait lui reprocher. Les chemises sont communes ; il les boutonne jusqu'au col, sans toutefois s'astreindre au port de la cravate. Il a ses aises. Il range ses affaires — circulaires, agrafeuse, boîte de trombones — dans une serviette un peu avachie qui a le charme des cartables d'antan et qu'il polit soigneusement à l'aide de cirage.

Les spartiates ! Voilà sa seule folie, son unique marotte. Il en possède plusieurs paires. Certaines sont-elles dévolues à un usage particulier ? Telle le mardi, jour de la réunion des chefs de service, par exemple, telle autre, plus confortable, réservée au vendredi, comme pour magnifier par anticipation le repos du week-end ? Telle autre encore destinée à célébrer les événements exceptionnels, commissions paritaires, anniversaire de Madame, etc. ? Non ! Si Pingleau se signale à l'attention de ses contemporains par cette curieuse manie des sandales, il les porte indistinctement, sans liturgie particulière. Je puis l'affirmer à l'issue d'une observation méticuleuse.

C'est une question. Pourquoi les spartiates ? Mes collègues et compagnons d'infortune avaient chacun leur théorie. Michel y voyait le signe d'une ascèse. Une cruelle pénitence que Pingleau s'imposait à la manière des flagellants. Il expiait ainsi une faute inconnue, endurant le froid ou risquant une contagion fatale par les déjections des pigeons et des chiens. Le châtiment divin le guettait au ras du bitume. Il allait ainsi, vulnérable et implorant, à la manière des carmes déchaux ; les trappistes avaient fait vœu de silence, les moines déchaux allaient nu-pieds, en signe d'humilité. Faisant ainsi acte de dévotion, Pingleau grandissait à nos yeux. Patrick, pour sa part, optait pour une explication dermatologique. Pingleau, à l'en croire, souffrait d'une affection cutanée qui lui interdisait le port de chaussures. Psoriasis plantaire ? Xérodermie pulvérulente ? Prurit bénin résultant du frottement contre le cuir imprégné de sueur ? Cors récalcitrants qui réclamaient une ventilation salutaire ? Patrick consultait en bibliothèque les ouvrages spécialisés et martelait ses arguments, sans parvenir à nous convaincre. J'avançais une autre hypothèse, d'ordre psychologique. Les spartiates étaient une faille. Un symptôme, un appel. Une tentative de briser la carapace d'extrême banalité dans laquelle Pingleau s'était laissé enfermer. Les pieds appelaient au secours ; j'entendais un cri affreux, éperdu, un cri que Pingleau n'était pas à même d'articuler.

Unis, solidaires, fraternels en toutes circonstances, nous nous entre-déchirions sur le problème des spartiates. Par les pieds, Pingleau était parvenu à nous diviser. Parfois, le samedi, en dehors de nos heures de service, nous avions accoutumé de nous retrouver au hammam de la rue des Rosiers. Là, nous suions de conserve dans la vapeur brûlante et parfumée à l'eucalyptus, sans mot dire. Drapés dans nos peignoirs, allongés sur les banquettes de la salle de repos, nous reprenions notre querelle...

Afin de prévenir toute glissade sur le sol humide, la direction de l'établissement a fait apposer un écriteau, lequel proclame : *Le port des sandales est obligatoire*. Baissant les yeux, nous contemplions, navrés, les curieuses claquettes de caoutchouc que le garçon de cabine remet à chaque client dès son entrée dans les lieux. Et ce rappel fatal nous meurtrissait le cœur.

Malgré tant d'efforts, n'ayant pu en percer le mystère, je délaisserai les spartiates. Mon regard remontera donc des pieds à la tête. Un regard à l'avance désenchanté…

Pingleau est de taille moyenne, de corpulence raisonnable. Son front est légèrement bombé, ses lèvres sont minces et dessinent la moue d'indifférence de ceux qui ont longuement réfléchi au sens de la vie entre fromage et dessert. Les joues sont flasques, la peau blême, préservée des comédons par quelque lotion astringente. Les yeux sont d'un gris serpillière. L'homme défie toute tentative de description. Il semble avoir traqué l'excès par un souci de contention morphologique d'une radicalité extrême. Sans aller jusqu'à souhaiter une gibbosité ou un goitre, on eût apprécié un angiome, voire une simple verrue. Rien, il n'y a rien. Pingleau ne transige pas. C'est un homme de principes. Il reste atrocement commun.

Il existe une Mme Pingleau. Fraîche et un rien pimpante, au demeurant. Pingleau a donc connu — et peut-être connaît-il encore ? — les joies de la chair. L'existence des trois pingleautins en témoigne. Vertigineuse perspective. Le look monastique du héros semblait par avance le condamner au célibat. Le charme désuet du mannequin mâle exhibant son costume dans le catalogue de la CAMIF, la grâce animale du boxeur au visage ensanglanté, le roucoulement énamouré du crooner télévisuel lui sont aussi étrangers que le désir de vengeance au cœur du bon chrétien !

Et pourtant… Pingleau *a trouvé chaussure à son pied,* si l'on en croit le dicton, usant là d'une métaphore grossière, qui substitue à l'appareil génital son compère locomoteur. Dès lors la tentation est irrésistible. *Chaussure à son pied !* Cothurne ? Escarpin verni ? Rangers ? Mocassin ? Soque ? Santiag ? Espadrille ? Godillot ? Ribouis ? Babouche ? Qu'a donc choisi notre homme qui, on le sait, se signale à notre attention par le port de spartiates. *Chaussure à son pied !* Oui, comment son pied s'y prend-il pour habiter l'objet ?

Pingleau honore-t-il Madame avec l'indifférence de l'aventurier qui rêve à des terres encore inexplorées ? La besogne-t-il à la dure, tel le zonard assommé à la bière et copulant sur le parking de l'hypermarché ? Le champ est ouvert à mille hypothèses. Il serait toutefois hasardeux d'imaginer Pingleau, mondain et dédaigneux,

consentant à chatouiller sa belle d'un doigt dis-
trait, une coupe de champagne à la main et se
délectant à l'écoute d'un chœur grégorien !
Rêvant près du radiateur durant les grises journées de l'hiver, il m'est arrivé d'imaginer mon
héros, harnaché de cuir, le fouet à la main, sub-
juguant un quarteron d'hétaïres râlant d'extase
au beau milieu d'un décor *destroy* : garage à
l'abandon, station de métro colonisée par les
rats, permanence syndicale désaffectée, que sais-
je encore ? Il me plaisait aussi de le voir, drapé
dans une djellaba et fumant narguilé, assister
aux copulations d'éphèbes rompus à toutes les
perversions, avec connexion directe sur le 36-15.
Je supputais une double vie, un Docteur Jekill
ânonnant les circulaires huit heures de rang,
doublé d'un Mister Hyde qui dévorait *Union* dès
la fin du service ! Bah ! la vraisemblance incline
à songer à de plus prosaïques étreintes, lors desquelles Pingleau se borne à lover son appendice
au chaud dans de modestes turgescences, sans
mise en scène superfétatoire. Pingleau enfile
sans doute Madame comme on enfile ses pan-
toufles, avec une volupté papelarde.

IV

Pingleau m'a chassé de la Fonction publique. Je suis seul, désormais. Guichetier de la Sécu en proie à la mesquinerie de ton ministère de tutelle ! Hardi gazier qui inspecte les conduites traîtresses ! Douanier menacé par l'Acte unique ! Et toi, surtout toi, instit' fraîchement émoulu de l'école normale, contraint de subir la fatuité de ton inspecteur, vous êtes mes frères ! Quand, à l'occasion des manifs, vos pas résonnent sur les pavés du boulevard, entre Nation et République, j'en ai le cœur serré. Puissiez-vous chasser tous les Pingleau qui vous tondent la laine sur l'échine !

Pingleau m'a vaincu. Voulais-je me venger ? À chaud, un combat singulier, dans le sable d'une arène, m'aurait comblé de joie. Mais, aujourd'hui, en songeant au passé, je me laisse aller à d'étranges nostalgies. J'éprouve même une certaine tendresse pour le bonhomme. J'ai scruté son comportement, à la loupe, une année durant, comme l'eût fait un entomologiste. J'ai étudié ses petits travers, noté chacun de ses gestes, de ses bons mots, appris le pinglapük que j'entends sans la moindre difficulté, mais que j'oublierai peu à peu, faute de le subir au quotidien.

Pingleau manie la bêtise comme d'autres le violon ou les concepts de la physique quantique. La maturité aidant, il est aujourd'hui au sommet de son art. Mais les années passeront et son extraordinaire capacité à débiter des lieux communs et à les ériger en système s'émoussera. Il perdra de son ardeur au travail ou du moins à l'idée qu'il s'en fait. Viendra le jour où il attachera deux feuilles ensemble sans remarquer que *le trombone génère la jonction* ! Quelle perte !

Pingleau vieillira à l'abri de mes sarcasmes. Je vieillirai aussi. Mais de cette année tumultueuse, riche en péripéties, je conserverai un souvenir inaltérable. Je vénérerai encore Pingleau sur mon lit de mort. Auprès de lui, j'ai plus appris qu'à la lecture des philosophes. J'ai vu le fond du puits. Le fond.

Le témoin

Première publication in *Pages noires*, 1996
© Éditions Gallimard Jeunesse

Cette fiction s'inspire directement et fidèlement
d'un fait divers survenu à Thiais.

Moi, faut pas venir me prendre la tête, parce que j'ai rien fait ! Rien ! J'l'ai signé, le papier que les keufs ils ont tapé à la machine, au commissariat ! Ben, c'est tout écrit dedans, j'ai rien fait, j'suis que témoin. Faut pas me faire un plan galère ! J'suis clean. Tout le monde dans la cité pourra vous le dire. Le premier qui baverait, qui dirait le contraire, de toute façon...

Les keufs, ils le savent bien, que je suis clean. Les bastons sur la dalle, devant Auchan, j'y ai jamais été. Le soir, j'zone pas non plus dans les locaux des caves. J'reste peinard, chez oim, à écouter NTM ou IAM. J'me prends pas la tête avec des plans shit ou caillou, comme y a plein de keums qui font, dans la cité. J'me branche pas non plus avec les bandes, les reubeus ou les Blacks, d'abord j'aurais du mal, vu qu'j'suis céfran, clean. Voilà. J'suis chez moi. J'cherche d'embrouille à personne, alors faut pas confondre.

Le jour où ça s'est passé, c'était un mercredi, j'me souviens bien, parce que je fais toujours de la muscul, à la Maison pour tous. J'en fais le lundi, le mercredi et le samedi. Le dimanche matin, je fais kickboxing et, le mardi soir, full contact. La muscul, j'ai commencé y a trois ans ; ça t'éclate un max, comme plan. Au début, c'est galère parce que t'as mal partout, mais après t'es cool. Moi, c'que j'travaille surtout, c'est les dorsaux et les pectoraux. Mais attention, pas pour me faire des plans de frime style t'assures un max avec les meufs, non, moi c'est surtout pour que les keums qu'auraient envie de me chercher l'embrouille, dans la cité ou ailleurs, rien qu'à me voir, ils pensent plus qu'à se tirer ! J'fais aussi un peu de nunchaku, mais ça, c'est dans ma piaule, peinard. J'ai le temps parce que les stages d'insertion, ça te laisse pas mal de temps libre ; c'est surtout ça qu'est bien avec les stages. C'est le quatrième que je fais, de stage. À la mairie, ils nous en donnent plein. Ils font bien leur boulot, faut reconnaître. Tu veux un stage ? T'en as un. Tu vas faire remise à niveau deux-trois jours, ou informatique. Mais après, forcément, faut pas rester à glander en bas de ton immeuble ou dans ta cage d'escalier, tant qu'à faire ! T'as fini tes cours au stage ? Bon, allez hop, tu vas à ta muscul. T'es clean. Tu vas pas dans les plans galère. T'es sérieux, tout le monde te respecte. Le stage, en plus, ça te rapporte un peu de thune, je vois pas pourquoi y en a qui critiquent. Moi, j'attends mes dix-huit ans pour m'engager dans les commandos, comme ça, je s'rai peinard. Et pour les commandos, la muscul, ça peut que me servir ! J'ai pas l'air, comme ça, mais je me fais tout le temps des plans, dans ma tête, faut pas croire, je vais pas y passer ma vie, dans la cité.

Bon alors, pour reprendre, c'était un mercredi que ça c'est passé. Tout le monde l'a su, il aurait vraiment fallu être un gros nul pour pas être au courant. Les keufs, ils sont trop, toujours à faire semblant d'être surpris, ces bouffons ! Parce que l'histoire des frères Lakdaoui, elle est super connue, dans la cité ! Ça fait bien cinq ans qu'ils sont arrivés, si je me trompe pas. Ils sont au 18, allée des Églantines, bâtiment C, escalier D. Y a Moktar, l'aîné, et Kadour, qu'a deux ans de moins, il est juste majeur.

Au début, ils se sont bien pris la tête avec les Zaïrois du bâtiment F, et ça a tourné à la baston sérieux, du coup, les Zaïrois, ils se sont cassés vite fait. Tout le monde pourrait vous le dire, les frères Lakdaoui, ils ont monté des coups de vice géants contre les Zaïrois ! C'est logique, y avait pas de place pour tout le monde, pour leur business, alors c'était ou les frères Lakdaoui ou les Zaïrois. Fallait des perdants. Moi je m'en fous, je trame pas avec les keums des bandes, d'abord j'suis céfran, alors je vois pas pourquoi j'irais chercher l'embrouille avec des Blacks ou des reubeus. Faut pas confondre, j'suis témoin, juste témoin. Ils l'ont bien écrit sur leur papier, les keufs, quand j'suis allé signer ma déclaration au commissariat. La vérité !

Bon, alors, puisque vous voulez savoir, pour vous résumer, c'était un mercredi. Le mercredi, à la Maison pour tous, c'est toujours plein de monde. Y a tous les mômes du collège qui viennent, même qu'ils esquintent les appareils. Ils laissent tomber les haltères sur le parquet, c'est nul. C'est la mairie qui donne la thune pour entretenir, alors faut pas déconner, au moins, ils pourraient avoir le respect. Mais non, dans la cité, toute façon, y en a pas beaucoup qui l'ont, le respect.

La séance du mercredi, elle commence vers deux heures. Moi, j'arrive tout le temps en avance pour être le premier dans les vestiaires, comme ça, après, j'peux choisir l'appareil que je préfère, çui qu'est près de la baie vitrée. J'm'allonge sur une table, sur le dos, et je commence les tractions. Au début je mets dix kilos, et après j'augmente de cinq toutes les vingt minutes ; ça te scie les bras, tu sais plus où t'es, mais au bout d'un moment tu commences à planer, t'as l'impression qu't'es une machine, tu sens ta tête qui bourdonne, même que si t'insistes, tu finis par voir des étoiles qui s'allument partout devant tes yeux.

Après, j'm'assois et je me serre les bras dans les sangles, pour les pectoraux. C'est la même chose que l'autre exercice, sauf que, là, tu fais le max pour joindre les deux coudes en tirant sur les poids. Si t'y arrives même que cinq minutes avec les disques de vingt kilos, t'as pas perdu ton après-midi, tu peux me croire. Une fois, je suis même monté jusqu'à trente et j'ai tenu trois minutes. Mais depuis que j'ai eu la grippe, au mois de novembre, j'ai pas vraiment récupéré la forme.

Du coup, j'étais au premier rang pour mater, vu que je tournais le dos à la baie vitrée et que je regardais droit vers les espaliers, au fond de la salle. Aux espaliers, c'est toujours le boxon. Les mômes, ils se pendent après, mais ils font pas les exercices : ils se prennent pour Indiana Jones et ils se balancent des pains et des coups de latte en grimpant sur les barreaux. Ils gueulent tant qu'ils peuvent, mais toute façon, moi, j'm'en fous, quand je fais mes pectoraux, j'entends plus rien. On pourrait égorger un mouton, comme ils font les reubeus pendant leur fête de l'Aïd, je l'entendrais même pas gueuler. Sauf que ce jour-là, j'ai entendu, parce que le keum, il gueulait plus fort qu'un mouton. Et il était pas à la fête.

Les embrouilles des frères Lakdaoui, tout le monde en a entendu parler dans la cité, j'ai déjà dit. C'était pas la première fois qu'y avait un keum qu'avait affaire à eux. Ils en ont déjà bastonné plein sous les arbustes, à côté du square où ils jouent, les petits. Une fois, un soir, ils ont fait bouffer du sable à un des Zaïrois du bâtiment F, avant qu'ils décident de se tirer. Tout un seau, avec la pelle d'un des mômes, que Kadour il lui enfonçait dans la bouche, au Black. Le môme, il chialait parce qu'on lui avait piqué son seau. À la fin, Kadour, il lui a rendu, le gosse, il était content.

Les Zaïrois, ils étaient pas à la hauteur. Ils cherchaient tout le temps des arrangements, style la tchatche : « Vas-y, y a de la place pour tout le monde, la cité, on va se la partager, et tout ! » Les frères Lakdaoui, c'est pas le genre à partager. C'est eux les plus forts et basta. C'est pour ça que tous les keums qui zonent dans la cité, ils ont fini par les décider à marcher avec eux. Y avait plus à gratter avec les frères Lakdaoui qu'avec les Zaïrois ! Parce que les Zaïrois, le business, ils voulaient le faire rien qu'entre eux ! Si t'étais pas renoi, c'était pas la peine de leur demander d'entrer dans leur bande ! Tandis que les frères Lakdaoui, ça au moins, on peut pas dire, ils étaient pas cistras ! La preuve, c'est qu'y avait des Béninois dans leur bande, à la fin. Et même un Portos, alors hein, ça prouve bien ! Faut regarder avant de juger, sinon tu te fais un plan cinoche vite fait, style les frères Lakdaoui, c'est des reubeus, donc ils veulent que des reubeus avec eux ! Ben non ! C'est pas vrai ! La vérité ! Moi, les embrouilles des reubeus ou des renois, j'm'en mêle pas, j'ai déjà dit. Faut pas confondre, j'suis clean. Une fois, Moktar, il m'a demandé si je voulais pas marcher avec eux, vu qu'avec la muscul, le full contact et le kickboxing, j'suis respecté dans la cité. Et encore, il savait pas, pour le nunchaku ! De nunchaku, j'en ai deux : un en bois, que je m'entraîne avec dans ma piaule, plus un en fer, télescopique, en trois parties, avec une chaîne. Je le porte toujours sur moi, rangé dans un petit étui, attaché à ma ceinture. C'est pas plus gros qu'un paquet de clopes, mais si tu le déplies vite fait, le keum d'en face, il en revient pas ! Bref, j'y ai dit, à Moktar, c'est non, j'suis clean, j'marche pas avec vous !

Bon, pour reprendre, j'vous disais que j'en étais à mes séries de pectoraux quand la bande des Lakdaoui, ils ont amené le keum dans la salle de muscul de la Maison pour tous. C'est Moktar qui le tenait en le tirant par les cheveux. Le keum, il avait dans les dix-huit, dix-neuf ans, il était déjà pas mal esquinté. Y avait le sang qui pissait de partout, il avait la bouche bien éclatée. Quand ils sont entrés dans la salle de muscul, le keum, Moktar et Kadour, plus deux autres de la bande des frères Lakdaoui, ça a fait comme un grand silence. Comme d'habitude, y a eu un ou deux mômes qu'ont laissé tomber des haltères sur le parquet, mais ça s'est vite calmé ; ça m'énerve, les mômes qui respectent pas le matériel, au début je gueulais, mais maintenant j'dis plus rien, ça sert à que dalle. S'ils ont pas pigé le respect, tant pis pour eux, moi, maintenant, j'attends juste qu'une chose, c'est qu'on me convoque pour les trois jours, et alors là, je demande les commandos. Dans l'armée, au moins, on l'a, le respect.

Y avait plus personne qui bougeait, sauf oim. J'ai continué ma série de pectoraux, cool, clean, toute façon, le respect, je l'ai gagné, et même les frères Lakdaoui, ils me foutent la paix, ça, Moktar il l'a bien pigé, depuis le jour où j'y ai dit non après qu'ils voulaient que je marche avec eux.

Bref, pour revenir, Moktar, il a commencé à attacher le keum par les poignets, sur les espaliers. Avec les bras en croix, comme Jésus, y avait ses pieds qui touchaient plus par terre. Le keum, c'était un reubeu, comme les frères Lakdaoui, mais c'est difficile de savoir d'où y venait. J'veux dire, les frères Lakdaoui, c'est des Marocains mais lui, il était peut-être d'ailleurs, je sais pas, y en a qui disent qu'il était turc, même que ça m'a surpris, parce que je croyais que les Turcs, c'est pas des reubeus, mais comme ils sont

islamiques eux aussi, on finit par confondre.
Toute façon, c'est pas mon problème, moi je
me mêle pas des salades des autres. J'suis clean.
Les keufs, ils le savent bien, c'est pour ça qu'ils
m'ont pas trop pris la tête, au commissariat.

Le keum, l'embrouille qu'il avait eue avec les
frères Lakdaoui, si j'ai bien pigé, c'est parce
qu'il devait aller chercher de la came pour eux,
et qu'il leur a pas donnée ! Faut être naze,
quand même, pour monter des plans pareils !
S'ils l'avaient payé ou non, ça je sais pas. À mon
avis, il avait touché sa thune, et il voulait pas
livrer, alors forcément, ça énerve, surtout si on
s'appelle Lakdaoui. Encore, Kadour, c'est plutôt le genre à passer l'éponge, mais Moktar, il
pardonne rien. Le keum, il avait fatalement
entendu parler de leurs embrouilles avec les
Zaïrois du bâtiment F, et comment les frères
Lakdaoui les avaient niqués ! S'il était pas au
courant, c'est qu'il était sourd ! Et aveugle !
Parce que pour pas voir que les frères Lakdaoui,
c'est des vrais caïds, faut avoir les yeux bouchés !
Tout le monde le sait dans la cité, que la thune
qu'ils gagnaient avec le bizness, ils la mettaient
à la banque et dans leur pizzeria ! C'était pas
nul, comme plan, ils assuraient avec le shit au
début, et après avec le caillou, et ils allaient
tchatcher à la banque comme quoi ils étaient
pleins aux as, pour les prêts. Même qu'ils
allaient en racheter une deuxième, de pizzeria !

Et leurs caisses ? Hein ? Qui c'est qui les avait pas vues, leurs bagnoles, dans la cité ? Des BM ! Celle de Kadour, elle était verte, et celle de Moktar toute noire, bien brillante, avec stéréo et tout pour écouter leur musique reubeu à fond la caisse en bas des immeubles. Alors ?

Bref, pour revenir, Moktar, il a commencé à gueuler, pour que tout le monde entende bien, dans la salle de muscul de la Maison pour tous ! Il a expliqué comme ça qu'il tolérait pas les trahisons, que si on bossait pour lui fallait être régul, sinon, ça finissait mal. Exemple, les Zaïrois du bâtiment F, suivez mon regard ! Des pourris ! Et aujourd'hui, le keum qu'ils avaient attaché aux espaliers.

C'était même plus du silence, qu'y avait autour, c'était comme... je sais même pas comment vous dire ! Moi, j'continuais mes tractions, cool, style je voyais rien. Les poids, ils sont attachés avec un filin d'acier, alors ça crissait contre la poulie, et à un moment, Moktar, il a regardé vers moi, genre il aurait bien voulu que j'arrête, mais comme il avait le respect pour moi, il a écrasé, basta. Alors, à ce moment-là, Kadour a commencé à cogner sur leur prisonnier, avec une barre de fer. Tout le monde regardait. Les mômes qui viennent là que le mercredi, et les autres, les habitués, comme oim. Il a cogné longtemps. Après, y a un des keums de la bande des Lakdaoui qu'est parti dans les chiottes et qu'a ramené une bouteille de Destop. Un truc qui sert à déboucher les siphons. Y en a toujours parce que les mômes ils balancent n'importe quoi dans les cuvettes. Moktar, il a versé du Destop sur le prisonnier, partout où ça saignait. C'est surtout là qu'il a gueulé, le prisonnier. À mon avis, à ce moment-là, il devait un peu regretter d'avoir essayé d'embrouiller les Lakdaoui, mais il pouvait s'en prendre qu'à lui-même. S'il avait été clean, ça lui serait pas arrivé, tout ça. Faut choisir.

Moktar, il a sorti un appareil photo, et il a flashé le prisonnier, plein de fois. Après, ils l'ont détaché, et ils l'ont embarqué dans une caisse. Tout le monde s'est remis à la muscul. Moi, j'ai arrêté, parce que j'avais fini mes séries. Faut pas insister quand on sent venir la fatigue, parce qu'on se fait facile un claquage et après c'est la galère.

Puisque vous me demandez, je vais vous dire, mais j'ai déjà tout raconté aux keufs, quand j'ai été convoqué. Les photos, elles se sont baladées partout dans la cité. Moktar, il avait fait faire des tirages. Comme ça, plus personne pouvait tchatcher comme quoi il était pas prévenu : si on est dans le business avec les Lakdaoui, faut être correct ! Clean. C'était pas un plan nul, c'était comme qui dirait de la pub, mais pas à la télé, juste dans la cité. Moi, si j'avais été à la place des Lakdaoui, j'aurais peut-être pas fait ça à la Maison pour tous, mais enfin, les reubeus, ils aiment bien la frime, style faut que tout le monde soit au courant, c'est la même chose que quand ils mettent la stéréo des BM à gueuler dans la cité tard le soir. La frime, quoi. C'est comme ça qu'ils se sont fait niquer, les Lakdaoui. Et ce qui prouve bien que j'ai eu raison de ne pas marcher avec eux. Parce que, forcément, les keufs, ils ont bien fini par tomber sur une photo, à force. C'est un gosse du collège qu'était là, qui leur a montré. Alors ça a été le début du cirque, dans la cité. Les keufs, ils voulaient savoir. À la Maison pour tous, y avait personne pour moufter, mais chez les keufs, au commissariat, les sixième du collège, ils ont commencé à tout balancer. Maintenant, les Lakdaoui, ils sont à Fleury, mais y paraît que le prisonnier, il a pas été retrouvé. Moi, ça m'étonne pas, parce que je le voyais plutôt mal barré, avec du Destop partout sur ses blessures.

J'ai bien fait de rester clean, dans mon coin, à attendre les trois jours. C'est au mois de juin. J'suis convoqué au fort de Vincennes, et alors là, je f'rai ma demande, pour les commandos. Depuis, y a moins de monde, à la Maison pour tous. Voilà. J'vous ai tout dit, mais faut pas mettre mon nom, dans votre journal. Au fort de Vincennes, faudrait pas qu'ils commencent à croire que je me suis mouillé avec les Lakdaoui. Même si n'importe quel keum dans la cité pourrait dire que j'suis clean, j'tiens pas à avoir des embrouilles...

Natalya

Première publication in *Chorus*, 1996

La pièce baignait dans une semi-pénombre, si bien qu'il ne pouvait en évaluer exactement les dimensions. Il se souvenait du couloir, froid et nu, dans lequel s'ouvraient les portes des cellules, du béton empestant le crésyl, des traces de sang sur le sol, des murs qui portaient la marque de griffes...

À présent, solidement ligoté à un curieux fauteuil ressemblant à celui des dentistes, il attendait, assis. En plissant les yeux, il pouvait distinguer un bureau, un classeur à crémaillère ainsi qu'un poêle à charbon, éteint, et dont la forme trapue évoquait la silhouette d'un insecte géant. Il avait froid. Ils lui avaient ôté tous ses vêtements avant de le battre avec une cravache et de lui lier les poignets, les coudes, les genoux et les chevilles à l'armature du fauteuil. Il ne pouvait évaluer le temps écoulé depuis sa capture. Ils l'avaient arrêté en pleine rue, précipité dans une voiture, avant de lui confisquer ses papiers, sa montre ainsi que le petit porte-cartes dans lequel il rangeait des photographies de sa femme…

Il n'était plus temps désormais de songer au passé puisque, selon toute probabilité, il n'avait plus d'avenir… Il se souvint pourtant des avertissements de Rotard, qui l'avait mis en garde après qu'il eut accepté le travail que le Service lui proposait.

« Méfiez-vous, Gérard, je sais que vous êtes un garçon impétueux ! Dites-vous bien qu'en face nous avons affaire à des monstres… Au moindre faux pas, ils vous coinceront ! »

Il n'avait commis aucune erreur. Du moins tentait-il de s'en persuader. Depuis le début, il avait scrupuleusement respecté les consignes de sécurité. Il s'était habitué à ces gestes obsédants, harassants, qui scindaient les journées en autant de rituels en apparence absurdes mais dont la maîtrise vous permettait de garder la vie sauve : casser une filature, vérifier qu'un local n'était pas sonorisé, coder un message sous une forme anodine, repérer les visages croisés dans la rue, s'assurer de la sécurité d'un lieu de rendez-vous…

Aucune erreur, il n'avait commis aucune erreur. Et pourtant il était entre leurs mains. L'accueil qu'ils lui avaient réservé en disait long sur leurs intentions. Les coups de cravache, l'isolement dans cette pièce glaciale… Soudain, la porte s'ouvrit à la volée. Il fut aveuglé par la lampe braquée droit sur son visage. Ils étaient trois, deux hommes, une femme.

Les hommes, lourds, gras, massifs. Sanglés dans des vareuses entrelardées de décorations. Bottés, gantés. Le visage lisse, impassible. Le regard mat, indéchiffrable. Ils prirent place de part et d'autre du fauteuil où était attaché le prisonnier, croisèrent les bras sur la poitrine et se turent. L'un était capitaine, l'autre lieutenant.

La femme était jolie. Elle portait l'uniforme avec une grâce rebelle, comme à contrecœur. Ses seins tendaient le tissu de la chemise kaki, et la jupe, stricte et droite, moulait des fesses que l'on devinait charnues. Elle prit place derrière le bureau, orné d'un buste de Lénine, où trônait une machine à écrire antédiluvienne, et croisa ses jambes, bottées de cuir comme celles des hommes ; le nylon de ses bas crissa dans le silence pesant qui s'était installé. Elle eut un geste charmant pour ôter son calot et dénouer son chignon ; une toison rousse, vaporeuse et sauvage auréola son visage d'un jet de feu.

À présent que ses yeux s'étaient accoutumés à la lumière, Gérard Lambert put la dévisager à sa guise. Il plongea son regard dans le sien, contempla ses yeux d'un vert cristallin, l'angoisse au cœur, et souhaita basculer dans la mort en emportant ce dernier souvenir.

L'homme qui portait des galons de capitaine secoua Lambert d'une poigne ferme pour le tirer de sa rêverie. Il saisit la cravache avec laquelle il avait déjà battu son prisonnier.

— Nous n'avons pas eu le temps de faire connaissance, ou si peu... n'est-ce pas, colonel ? ricana-t-il.

Il parlait très bien le français, avec une pointe d'accent presque imperceptible.

— Je ne suis pas colonel ! hurla Lambert. Je n'ai rien à voir avec toutes ces histoires ! On ne va pas tarder à s'apercevoir de ma disparition et l'ambassade va...

— L'ambassade ? Vous croyez que vos petits amis de l'ambassade peuvent encore quelque chose pour vous ? rétorqua le tortionnaire en cinglant le torse de Lambert de la pointe de sa cravache.

Le prisonnier se raidit et serra les dents. Il reçut d'autres coups, se contorsionna dans ses liens, sans parvenir à s'en défaire. Le lieutenant se pencha au-dessus de Lambert et lui sourit.

— Nous reprenons tout à zéro, colonel Lambert ? Le capitaine Grioutchkov est, comme vous le constatez, partisan de la manière forte... Pour ma part, je préfère la persuasion ! Mais si vous vous entêtez à nier l'évidence... Vous vous appelez donc Lambert ?

— Oui... Gérard Lambert, je suis venu en touriste, simple touriste... murmura le prisonnier.

— Natalya ? demanda Grioutchkov en se tournant vers la femme assise derrière le bureau. Tapez la déposition du colonel Lambert...

Le prisonnier redressa la tête et contempla les mains de la jeune femme, des mains potelées, aux ongles vernis d'un rouge sombre, qui s'activaient sur les touches de la machine à écrire.

— Votre histoire de tourisme n'est qu'une couverture, « monsieur » Lambert... reprit Grioutchkov.

— Non, vous faites erreur... vous êtes fous, on a dû vous donner de mauvais renseignements... je suis venu avec un visa de touriste, j'ai visité l'Ermitage, je...

— Assez de mensonges ! tonna celui qui se faisait appeler Grioutchkov.

La cravache, de nouveau. Lambert s'arc-bouta dans le fauteuil. Il entendait encore la voix de Rotard lui donner des conseils.

« En cas de capture, mon vieux, niez, niez tout ! Niez l'évidence, niez jusqu'à l'absurdité... simplement pour gagner du temps !

— Curieuse tactique ! avait protesté Lambert.

— Quand on commence à céder... on ne peut plus s'arrêter ! » avait ajouté Rotard d'une voix lugubre.

La cravache, encore. Apparemment incommodée par les cris de Lambert, Natalya quitta son bureau et se dirigea vers un vieil électrophone Teppaz posé sur une tablette et entouré de quelques trente-trois tours poussiéreux.

— C'est cela, Natalya, ricana le capitaine, mettez donc un peu de musique, notre ami Lambert appréciera !

Le prisonnier serra les dents, plissa les yeux entre deux coups et vit Natalya saisir la pochette d'un disque qu'il connaissait. *Les Chants révolutionnaires du monde,* interprétés par le Groupe 17. En couverture on voyait une foule, tassée sur les grands boulevards parisiens à l'occasion d'une manif. À l'intérieur figurait une introduction très lyrique, signée de Max-Pol Fouchet. La main gracieuse de Natalya déposa la pointe du saphir sur le sillon, et aussitôt retentirent les premières mesures de *L'Internationale.*

> *Debout les damnés de la terre,*
> *Debout les forçats de la faim...*

Comme encouragés par les accents martiaux de l'hymne révolutionnaire, le dénommé Grioutchkov et son acolyte redoublèrent d'ardeur. La cravache sifflait dans l'air frais de la pièce. Quelques minutes plus tard, les deux tortionnaires n'avaient rien obtenu. Lambert s'était obstiné à répéter la version soigneusement mise au point lors du briefing ayant précédé le départ, en compagnie de Rotard. Grioutchkov et son alter ego décidèrent de s'accorder un peu de repos. Ils abandonnèrent le prisonnier, épuisé, perclus de douleurs, sur son fauteuil et sortirent dans le couloir. Natalya rangea les formulaires d'interrogatoire qu'elle avait tapés, alluma une cigarette et s'approcha de Lambert. La dernière strophe de *L'Internationale* s'achevait sur la promesse de la disparition prochaine des corbeaux, des vautours, et assurait qu'une fois ces volatiles réduits à néant le soleil brillerait toujours. Avec une étrange douceur dans le regard, Natalya contempla les plaies de Lambert, et effleura sa poitrine d'une main tremblante. Pétrifié de stupeur, le supplicié se cabra sous la caresse.

— Natalya, je vous en prie... balbutia-t-il, les larmes aux yeux.

— Taisez-vous... chuchota-t-elle en lui coupant la parole. Ils ne sont pas loin !

Elle approcha son visage du sien, jusqu'à le toucher, lécha délicatement un filet de sueur salée qui coulait sur sa joue, puis poursuivit le long du cou, du torse...

— Méfiez-vous ! Ils sont capables de tout ! En toutes circonstances, soyez sur vos gardes ! souffla-t-elle.

Alors que les lèvres de Natalya butinaient tendrement son sexe, Lambert se souvint, une fois encore, des mises en garde de Rotard... À présent, il s'abandonnait au plaisir. Le moyen de faire autrement ? La jeune femme changea brusquement de rythme, et en quelques mouvements de la tête, rapides et saccadés, lui fit rendre gorge. Il étouffa un cri. Elle s'était redressée, et regagna sa place, derrière sa machine à écrire.

Lambert la dévisagea, ahuri.

— Courage, tenez bon ! dit-elle simplement en allumant une cigarette.

Grioutchkov et le lieutenant revinrent dans la pièce moins d'une minute plus tard.

— Alors, « monsieur » Lambert, allez-vous vous entêter encore longtemps ? susurra le capitaine. Nous vous avons ménagé une petite plage de repos pour que vous repreniez vos esprits, mais à présent il faut passer aux aveux !

Lambert attendit. Ainsi tout était calculé. Rotard avait raison, ils étaient capables de tout… Maintenant, les coups allaient reprendre.

— Ce petit voyage, « en touriste », était prévu depuis longtemps, n'est-ce pas, « monsieur » Lambert ?

— Non ! protesta-t-il. Je l'ai décidé sur un coup de tête ! Je vous le jure !

Grioutchkov se tourna vers Natalya, qui lui tendit un dossier cartonné. Il en tira une photographie récente de Rotard.

— Vous connaissez ? demanda-t-il en la fourrant sous le nez de Lambert.

— Jamais vu… murmura celui-ci en s'efforçant de masquer son trouble.

— Étonnant, tout à fait étonnant ! ricana le lieutenant. Voulez-vous que nous fassions les présentations ? Il s'agit du général Rotard : il est responsable de votre section, c'est lui qui vous a envoyé en mission chez nous !

— C'est une erreur ! s'entêta Lambert.

Un nouveau coup de cravache lui cingla les cuisses.

— Regardez donc ! vociféra Grioutchkov en sortant un autre jeu de photographies.

Lambert, désespéré, les contempla une à une. Elles avaient été prises avant son départ, au stage de préparation. On le voyait en compagnie de Rotard et d'autres officiers du Service.

— Ce sont des montages… bredouilla-t-il sans conviction.

— Trêves de bavardages, Lambert ! conclut Grioutchkov en laissant sa cravache tomber à terre. Ce petit intermède n'était destiné qu'à vous mettre en condition… Contrairement à ce que vous pensez, nous ne sommes pas des barbares. Ce que vous avez à nous dire, nous l'apprendrons, d'une façon ou d'une autre… Natalya ?

La jeune femme tourna la tête vers le capitaine, qui lui fit signe de s'approcher. Il murmura quelques mots à son oreille. Natalya acquiesça, quitta la pièce et revint aussitôt avec un plateau supportant une seringue et une fiole de liquide brunâtre. Grioutchkov lui demanda de le déposer sur le bureau.

— Monsieur Lambert, je vais vous laisser le choix ! reprit-il. Soit vous nous racontez ce que vous savez de votre plein gré, auquel cas nous vous laisserons tranquille, soit vous vous obstinez, et alors, pour aller plus vite, nous vous ferons une injection de ce produit qui délie toutes les langues... mais qui présente l'inconvénient de laisser quelques « séquelles » ! Vous espérez reconnaître votre femme, si d'aventure vous étiez amené à la revoir, n'est-ce pas, Lambert ? Alors, écoutez mon conseil : épargnez-nous le recours à cette précieuse seringue !

Comme précédemment, les deux officiers abandonnèrent Lambert, qui se retrouva seul avec Natalya. Dès qu'ils eurent quitté la pièce, elle s'approcha de lui et lui sourit.

— Assez ! cria-t-il. Allez-vous-en !

Elle n'obéit pas. Excédé, Lambert la vit retrousser posément sa jupe. Ce n'était guère aisé en raison de son étroitesse, mais elle y parvint au prix de quelques contorsions. Il détourna le regard. À présent, elle ouvrait un à un les boutons de son corsage.

— Assez ! hurla-t-il encore. Je ne veux pas me prêter à ce...

Il ne put poursuivre : elle avait plaqué une main sur sa bouche et, d'un bond, monta à califourchon sur le fauteuil. Avec une autorité sans faille, elle le guida en elle et s'occupa de la suite. Prisonnier de l'étau de ses cuisses, rivé au fauteuil par les cordes qui lui immobilisaient les bras, les jambes, Lambert capitula. Les reins de la jeune femme ondulaient de plus en plus vite... Une seconde fois, il s'abandonna. Elle n'attendit pas qu'il reprenne ses esprits, s'arracha à lui et sauta sur le sol.

— C'est ignoble ! articula-t-il tandis qu'elle se rajustait.

Il manqua défaillir quand il la vit dénouer les cordelettes qui le maintenaient prisonnier. Deux minutes plus tard, il était libre. Elle ouvrit un placard et en sortit les vêtements qu'il portait lors de son arrestation.

— Vite ! Ils vont revenir ! dit-elle simplement.

— Je ne me prêterai pas à cette mascarade ! grogna-t-il d'une voix sourde.

— C'est Rotard qui m'a envoyée à votre secours... lança-t-elle, je vous en prie, dépêchez-vous !

— Je ne connais pas ce Rotard ! rétorqua Lambert en montrant la seringue. Il s'agit encore d'un piège... Allez-y, dites-leur qu'ils peuvent revenir et m'injecter cette saloperie ! Qu'on en finisse !

— Je suis Morland ! articula Natalya.

Lambert écarquilla les yeux.

« Ne vous en faites pas, mon vieux… dès que vous serez là-bas, Morland veillera sur vous… lui avait dit Rotard, la veille de son départ. Morland est notre meilleur agent sur place. Vous ne le connaîtrez pas mais, s'il vous arrive une tuile, il viendra à votre aide ! »

À la hâte, Lambert enfila les vêtements qu'elle lui tendait. Elle s'empara d'un revolver, l'arma et lui désigna une porte qu'il n'avait pas encore remarquée et qui s'ouvrait dans le fond de la pièce.

— Je rentre en France avec vous ! dit Natalya. Maintenant, je suis grillée !

Ils s'enfuirent par un dédale de couloirs et se retrouvèrent bientôt à l'air libre.

Trois jours plus tard, Natalya attendait, assise à la terrasse du Café de la Paix, place de l'Opéra. Un homme à la cinquantaine bedonnante hésita à s'asseoir à sa table et s'y décida après qu'elle l'y eut invité.

— Vous êtes bien Natalya, enfin « Morland » ? bafouilla-t-il en se mettant brusquement à rougir.

Elle hocha la tête en guise d'assentiment.

— Je… je viens de la part de Gérard Lambert… C'est un… un collègue de bureau et un ami de longue date… Mais je ne me suis pas présenté : Rotard, Fernand Rotard, annonça-t-il en lui tendant la main. Je... je souhaiterais quelques précisions à propos de la prestation !

Elle les lui donna. Rotard s'épongea le front, tout émoustillé qu'il était à l'idée des délices promis.

— Vous désirez que nous procédions au même rituel qu'avec votre ami Lambert ? demanda doucement Natalya.

— Absolument, confirma Rotard en rougissant de nouveau, j'ai toujours adoré les romans d'espionnage !

— En ce cas, nous inverserons les rôles ; il faut un scénario, une trame, un dialogue pour rendre la situation jouable, proposa Natalya. Vous étiez censé être le supérieur de Lambert dans un mystérieux « Service », nous vous appellerons Rotard durant l'interrogatoire, et Lambert sera votre supérieur hiérarchique. D'accord ?

Rotard acquiesça. Gérard Lambert l'avait prévenu. Le 3615 Natalya était un serveur fiable.

— Un détail cependant, précisa-t-il : si vous pouviez mettre la pédale douce du côté des coups de cravache, je ne serais pas contre : Lambert m'a raconté, c'est quand même assez éprouvant !

— Monsieur Lambert a apprécié, à chacun selon ses goûts ! rétorqua Natalya avec un sourire.

— Mais vous vous appelez vraiment Natalya ? bredouilla Rotard.

— Absolument ; Nathalie, si vous préférez…

— Eh bien, c'est formidable… Ah, ce Lambert ! Vraiment, quel énergumène ! gloussa Rotard. Donc, nous nous donnons rendez-vous ?

— C'est comme vous le souhaitez. Vous pouvez venir directement dans nos locaux, mais si cela vous chante, nous pouvons pratiquer comme avec Lambert et vous… prendre en charge à l'improviste !

— Formidable, oui, à l'improviste, ce serait parfait, parfait ! approuva Rotard. Beaucoup plus excitant !

Il resta un instant songeur.

— Un autre détail auquel nous n'aurions pas songé ? demanda Natalya.

— Non, non… murmura Rotard. Figurez-vous qu'étant gosse, un vieil homme vivait sur le palier, en face de chez moi… un Russe… blanc ! Comme tous ses amis, il était chauffeur de taxi !

— Les temps changent, monsieur Rotard ! murmura Natalya avec un voile de tristesse dans le regard. Du temps de l'Union soviétique, mes frères et moi, nous étions… comment dites-vous ? Tour operators ? Nous travaillions à Intourist. Nous faisions visiter le Palais d'Hiver, la place Rouge, le croiseur *Aurore* aux visiteurs des quatre coins du monde. Hélas, le Mur s'est écroulé et les catastrophes depuis n'ont cessé de suivre. Mes frères et moi, nous avons dû nous exiler, nous adapter... bref, offrir une prestation plus... originale ! Nous avons loué ce local, à Pantin, un vieil entrepôt à l'abandon. Quant aux costumes, aux décorations, nous avons tout rapporté de *là-bas*... Ah, au fait... il va de soi que le règlement s'effectue exclusivement en liquide !

Rotard plongea la main dans la poche de son veston, en sortit deux billets de cinq cents francs en guise d'acompte. Puis il s'éloigna sur l'avenue de l'Opéra en sifflotant *L'Internationale* et enfila tranquillement la rue des Petits-Champs, guilleret. Il faisait doux, le ciel était bleu, Rotard sifflotait toujours, de plus en plus fort, sans s'en rendre compte. Le cœur plein d'allégresse, il se prit même à fredonner en songeant aux lèvres pulpeuses de Natalya. Quand il parvint près de la place du Palais-Royal, à quelques mètres de la statue de Jeanne d'Arc, il en était à chanter à tue-tête le refrain de la chanson de Pottier et Degeytter : « *C'est la lutte finale, groupons-nous et, demain, l'Internationale sera le genre humain !* » Sans penser à mal. Pauvre Rotard. Chanter, ça n'est jamais gratuit. En effet, deux skinheads imbibés de bière, qui revenaient d'une manifestation du Front national, lui emboîtèrent le pas...

Les gars du 16

Première publication in *Black exit to 68*
(La Brèche, 1988)

Pour Vergeat.

Il était étendu sur le dos et son souffle —
rauque, indécis, si faible qu'on pouvait à peine
discerner le petit nuage d'humidité qui fusait
de ses lèvres — soulevait sa poitrine à intervalles irréguliers. Par instants, la machine s'embal-
lait et il toussait violemment, sans pour autant
ouvrir les yeux. Ses vieilles mains tavelées de
marbrures noirâtres griffaient alors la couverture avant de retomber, inertes, le long du
corps.

Il allait mourir. Il l'avait annoncé aux autres,
la veille. C'était un de ces jours de janvier, sombre et plat, où les gars se sentaient d'humeur
morose et évitaient de parler, comme si le silence permettait de hâter la venue de la nuit.

— Les copains, avait-il dit, demain, je vous
quitte...

Ils l'avaient regardé, surpris, avant de hausser les épaules. Gianni, François, Dietrich, Jymmy, Abdel, Vladimir, Sven et aussi les deux inséparables, Farouk et Juan, aucun d'entre eux n'avait prêté attention à ses paroles. Il parlait tant, le Vieux.

Le Vieux : tout le monde avait oublié son nom. Même lui. Tantôt il disait s'appeler Daniel, tantôt Henri ou Alain ; ça n'avait aucune importance. Et il était là, ce soir, allongé au milieu d'eux, à l'agonie.

Gianni s'activait dans la cuisine. Il en revint avec une cafetière fumante. Il fit la distribution des tasses, déblayant pour cela le fouillis qui encombrait la table. Juan et Farouk avaient les yeux rivés sur leur échiquier et ils déménagèrent le jeu avec mille précautions ; un fou noir tomba sur le sol. Une discussion passionnée s'engagea alors : Juan jurait qu'il occupait F6 avant l'accident, tandis que Farouk affirmait qu'il se tenait en F4... Sven les engueula en leur montrant le Vieux, gisant sur son lit. Sven jouissait d'une grande autorité. Farouk rougit, décontenancé, vaguement honteux, et abandonna la partie.

Farouk aimait bien le Vieux : il connaissait des tas de trucs dont personne ici n'avait jamais entendu parler et prenait un grand plaisir à raconter, quand tout le monde était réuni, le soir. L'hiver, on restait chez soi, mais l'été, quand le soleil tardait à fuir sous la ligne d'horizon, les types du 12 et du 15 venaient ; parfois même ceux du 27, avec lesquels, pourtant, il y avait des tas de problèmes…

Farouk prit son violon et joua une de ces vieilles mélopées tsiganes que le Vieux aimait tant. Sven chanta. Sa voix gutturale chevauchait maladroitement la mélodie nostalgique. Les yeux clos, apaisé, le Vieux sourit.

— Je m'en vais, les gars, murmura-t-il.

— Tu déconnes ! grogna Dietrich. Tu nous enterreras tous.

Le Vieux sourit et tourna la tête vers Gianni.

— Chante, dit-il, chante, Gianni, la chanson que je t'ai apprise…

Gianni posa sa tasse et, plissant le front, se remémora les paroles que le Vieux fredonnait souvent. Des paroles dont personne n'aurait pu préciser le sens.

— *Avanti popolo, alla riscossa !*
Bandiera rossa, bandiera rossa…

— C'est ça, Gianni, balbutia le Vieux, c'est ça, petit, continue !

— *Bandiera rossa deve trionfar !*
Bandiera rossa deve trionfar…

— Et toi, François, chante aussi ! demande le Vieux en se redressant.

Juan tassa un oreiller et le déposa derrière les épaules du vieillard pour qu'il soit plus à l'aise. François se racla la gorge et entonna *La Pelle du*

99

Gros Mine Terne, dont il n'avait jamais pu retenir qu'un seul couplet. Le Vieux lui avait répété les mots, jusqu'à les lui marteler dans le crâne, mais tout cela ne voulait rien dire : qu'est-ce que c'était que cette histoire d'obèse au teint pâle ? Le « Gros » surnommé « Mine Terne » ? Que faisait-il avec sa « pelle » ? François chanta.

 — *À Londres, à Paris, Budapest et Berlin,*
  Prenez le pouvoir, bataillons ouvriers,
  Prenez votre revanche, bataillons ouvriers !

François chantait sans conviction. *Alondraparibudaspestéberlain prenez lepouvoirbatayonzouvrié !*

Les gars du 16 n'y comprenaient rien, même Vladimir, qui avait pourtant beaucoup bourlingué. Sans aucun doute, il s'agissait de prendre quelque chose, mais que pouvaient donc signifier ces formules alambiquées, *londraparibudapestéberlain* ? *Lepouvoirbatayonzouvrié* ?

Du charabia de bonne femme, des abracadabras de voyante, voilà ce que c'était, les chansons du Vieux, soutenait Abdel, le cadet de la bande, un jeunot qui n'avait pas froid aux yeux ! Abdel n'aimait pas le Vieux. On ne lui en tenait pas rigueur, tout était si difficile.

 — T'y comprends, rien, hein, Abdel ? ricana le Vieux.

 — Non, avoua Abdel, et ta magie, ça m'énerve !

 — Mais c'est pas de la magie, protesta le Vieux, on chantait ça, autrefois, dans les rues, tous ensemble. Londres ! Paris ! Budapest ! Berlin ! Ah, ce serait long, d'expliquer...

Il y eut un moment de silence. Les yeux du Vieux brillaient d'une lueur étrange : celle-là même que tous avaient vue quand il disait ses contes, à la veillée.

Vladimir avait une tendresse particulière pour l'histoire de Lanarchist. Lanarchist — c'était le nom du héros, personne ne connaissait son prénom — rencontrait une étudiante un soir de printemps, et malgré un brouillard magique qui faisait pleurer, Lanarchist et sa belle s'aimaient dans les décombres d'une ville imaginaire. Farouk préférait l'histoire de Sonacotra, le méchant prince qui tourmentait ses sujets et les enfermait dans des cages insalubres...

Il y avait aussi la merveilleuse aventure de Ma-ô, l'homme jaune qui embrasait la plaine à l'aide d'une seule étincelle.

Et celle de Léon, le bon roi, chassé de son royaume par un affreux despote, et qui gardait un cœur pur malgré tant de vilenies... Le Vieux ne se lassait jamais de raconter. Il avait tant d'histoires dans la tête...

Ils étaient là, les gars du 16, tous autour de celui qui allait mourir.

— Je suis le dernier, disait-il souvent.

— Le dernier quoi ? demandaient certains.

— Le dernier du mois de Mai... répondait-il. Tous sont morts : il y a si longtemps ! J'avais vingt ans... J'en ai cent douze...

Ils l'écoutaient, attendris, sans chercher à percer le mystère de ses paroles. Parfois, il proférait des maximes absurdes. Quand venait le printemps, quand, au loin, les cerisiers se couvraient de ramure rose, il criait à tue-tête : *Vivre sans temps mort, jouir sans entrave, ho-ho-ho-chiminh, che-che-guevara, ceheresse-hessesse !* Des trucs sans queue ni tête, des radotages de grand-père !

— C'est de la sorcellerie, j'vous dis, grommelait Abdel, le Vieux va nous attirer des emmerdes !

Ils s'étaient tous habitués à de telles excentricités. Il lui arrivait parfois de graver au couteau quelques-unes de ses formules cabalistiques sur une planche ramassée le long du chemin. Le Vieux savait écrire... il était bien le seul. Au-dessus de son lit trônait une plaque de chêne sur laquelle il avait travaillé de longues heures. Juan s'en approchait souvent et palpait le bois sec de la pulpe de ses doigts ; Juan rêvait d'apprendre à tracer des mots, lui aussi, mais, malgré les explications du Vieux, n'y était jamais parvenu.

— IL-EST-INTERDIT-D'INTERDIRE, articulait péniblement le Vieux, en détachant les syllabes pour mieux se faire entendre.

Juan regardait, attentif : le tracé des bâtons, des courbes, incrusté dans les nervures de la plaque de chêne, agencé selon un principe abscons, restait indéchiffrable. Non, Juan ne comprenait pas...

Le Vieux frissonna sur sa couche. Dietrich, Vladimir et Sven s'approchèrent. Le Vieux râlait.

— Donnez-le-moi...

Dietrich se pencha et, fouillant sous le lit, brandit bientôt un paquet enveloppé de toile goudronnée. Il dénoua la ficelle et libéra le contenu : un cube de granit gris que le Vieux agrippa d'une poigne ferme.

— C'est un vrai, les gars ! affirma-t-il de sa voix chevrotante. Un pavé de Mai !

Tous l'observaient avec pitié : il traînait le caillou comme une relique depuis si longtemps. Quand leur petite communauté s'installait dans de nouveaux quartiers, le Vieux n'avait de cesse de dissimuler son pavé aux regards indiscrets. Il avait souvent expliqué à ses copains qu'il s'agissait d'une arme et que sa vie à lui, le Vieux, ressemblait à ce caillou : une pierre qui ne servirait jamais à bâtir un palais, une église, une prison... mais une pierre que l'on pouvait lancer contre son ennemi !

— *Como tu, piedra pequena, como tu...* psalmodiait le Vieux, et Juan avait alors mal à la tête. Dans sa mémoire mutilée brillait un soleil fatal et les mots que prononçait le Vieux éveillaient en lui des songes incertains ; Juan se laissait bercer par l'écho d'une langue oubliée et pourtant si proche.

À deux heures du matin, le Vieux s'éteignit en serrant le pavé contre son cœur. Sven appliqua un miroir près de la bouche du vieillard pour vérifier qu'il ne respirait plus.

— *Inch Allah*... murmura Abdel, sans savoir d'où lui venait cette formule.

Dietrich rabattit la couverture sur le visage du mort, et tout le monde partit se coucher. Il était tard.

Le lendemain matin, à six heures, les cris des gardes retentirent dans la baraque 16. Les bottes cloutées frappèrent joyeusement le cul des traînards : Abdel récolta un gnon et sortit dans la froidure en boitillant.

Juan, Abdel, Sven et Dietrich et les autres — le 16 au grand complet, sauf le Vieux ! — se tenaient à présent au garde-à-vous sur la grande place d'appel. Un épais tapis de neige couvrait le sol. La journée commençait mal : les gars du 27 étaient arrivés les premiers, pour rafler le rab de soupe, comme d'habitude...

— Y a pas, grogna François, un de ces quatre, faudra bien leur casser la gueule pour leur apprendre à vivre !

Quand le haut-parleur juché sur le mirador beugla ses ordres, ils se mirent en route, la pioche sur l'épaule, le masque à gaz rabattu sur le nez.

Sven se retourna et, dans la grande allée du Camp, vit l'équipe sanitaire balancer le cadavre du Vieux dans une charrette tirée par deux robots fossoyeurs...

Automne

Première publication in *Agenda noir*
(Éditions Locus, 1986)

Cette fois-là, Jeff sentit que ce serait la dernière, vraiment. Il plissa les yeux pour scruter le paysage. Les arbres se dénudaient ; un tapis de feuilles mortes amortissait le choc de ses pas sur le sol. Les gars étaient alignés en rang d'oignons, comme à l'exercice. Mais les rires s'étaient tus brusquement. Finies les galéjades, les salauds d'en face attendaient la chair fraîche...

Jeff grimaça. Le paquetage lui sciait les épaules. Les courroies du sac entravaient les mouvements de ses bras. Jeff serra les poings. Il s'était juré — juré ! — que c'était la dernière fois. La dernière fois, nom de Dieu.

Il prit sa place dans les travées. Légèrement en retrait pour mieux dominer la situation d'un simple coup d'œil...

Jeff regarda le ciel. Une pluie fine dégoulinait des marronniers. Il ferma les yeux, ouvrit son sac, y plongea la main. De la pulpe de l'index il tâta la pointe acérée.

Et quand la maîtresse dit « Sortez vos ardoise ! », Jeff bondit en hurlant pour lui planter son porte-plume dans la gorge.

That's Entertainment

Première publication in *Mystères 87*
(Le Livre de Poche, 1987)

« Alors, c'était pas une vraie guerre, hein, c'est bien ce qu'ils disent ? demanda Capone, après avoir vidé son verre d'un trait en rejetant la tête en arrière.

— Exactement, Al… », confirma Luciano.

Il montrait la lettre barrée de tampons au contenu de laquelle Capone venait de faire allusion.

« Pas une vraie guerre, reprit-il, tous ces tordus vont se fendre la gueule, alors que nous, on devra poireauter dehors, et ils croient qu'on va se laisser faire ?

— On pourrait peut-être graisser la patte aux appariteurs, non ? » proposa Dutch Schultz.

Mais le bruit de ses paroles fut couvert par le vacarme d'une fanfare qui jouait une marche militaire. Capone se leva et vint coller son nez à la vitre du bar. Au fond de la salle, deux guerriers tatars étaient occupés à violer la serveuse. Et la musique ne semblait pas les déranger.

« Regardez-moi ça ! ricana Capone, ces connards ont eu droit à des places de choix, dans les premiers rangs ! »

Sur l'avenue, un cortège bigarré avançait lentement. On lançait des confettis.

« Qui c'est, ceux-là ? » demanda Dutch Schultz. Luciano plissa les yeux et essuya du revers de la manche la buée sur la vitrine. La fille que les Tatars besognaient hurlait à pleins poumons.

« Le grand avec le casque ridicule, expliqua Luciano, c'est Hindenburg. Le nabot qui marche à côté de lui, c'est Nivelle, et voilà Foch, Joffre, Ludendorf, tous les massacreurs galonnés…

— Pas une vraie guerre, reprit Capone, entêté, merde alors ! »

Ils se retournèrent tous ensemble : on venait de pousser la porte du bar et une forte odeur de fauve leur fouetta le visage. Une bande de Huns s'accoudèrent au comptoir en frappant du poing. Les Tatars lâchèrent la fille qui se rajusta et vint prendre les commandes. Elle servit l'alcool dans de solides pots de bronze.

« Ils puent trop, soupira Capone, écœuré, venez, on se tire ! »

Sur le trottoir, ils durent jouer des coudes pour se faufiler à travers les rangs serrés de l'escorte de Gengis Khân, que l'on apercevait au loin, juché sur un cheval aux naseaux écumants. Plus loin encore, dans la brume de Verdun Avenue, de gigantesques silhouettes se profilaient, menaçantes : la cohorte barrissante des éléphants de Pyrrhus.

Le sol était jonché d'excréments et de détritus que de pauvres bougres, nus comme des vers, au dos zébré de traces de fouet, ramassaient à pleines mains pour les jeter dans les caniveaux. Dutch Schultz ne put résister au plaisir de botter les fesses à l'un d'entre eux. Le malheureux se fracassa la mâchoire contre le bitume.

Capone avait remonté le col de son pardessus et avançait à grandes enjambées vers le croisement de Treblinka Street. Un petit groupe de Tuniques bleues attendait devant l'hôtel où était descendu le général Custer. Depuis trois jours, il était impossible de trouver où se loger dans le centre-ville. Attila occupait toutes les suites du Belzébuth Palace, Khomeiny se pavanait en compagnie de Pol Pot sur les terrasses du Satan Hilton, et Tamerlan bivouaquait juste en face, dans les buissons de Tchernobyl Park. Les rues grouillaient de soudards avinés, provenant de quarante siècles hétéroclites, et les jeunes damnés à la chair tendre se terraient dans les caves…

Capone et Luciano se partageaient un cinq-pièces au 13, Seveso Street. Pour échapper aux débordements de la foule en liesse, ils s'y réfugièrent et fermèrent les fenêtres : le couinement des buccins du cortège de Néron leur parvenait malgré tout, assourdi.

Le téléphone sonna. Luciano s'empara du combiné.

« Qui est-ce ? » demanda Capone.

Luciano eut un geste agacé. Capone s'impatientait. Enfin, Luciano raccrocha.

« C'était Landru… dit-il. Il a pu obtenir une place, au second balcon…

— Un pistonné », ricana Capone.

Le domestique vint servir à boire. Capone, pour se calmer, lui écrasa le mégot de son cigare dans l'œil gauche. Le type se cacha sous la table en gémissant.

« C'est pas possible ! cria Capone, l'Office nous traite comme des caves ! Viens, on va essayer encore une fois. »

Une demi-heure plus tard, ils étaient dans le grand hall de l'Office infernal. On se pressait dans les salons dont les portes étaient gardées par des huissiers.

Gilles de Rais palabrait à voix basse en compagnie de Vichinsky, furieux de se voir éconduit en dépit de son incontestable ignominie. Jessy James les écoutait en hochant la tête. L'organisation du spectacle laissait à désirer, c'était le sentiment unanime. Capone parlementa avec le secrétaire de l'Office et, après plus d'une heure d'attente, lui et Luciano purent enfin pénétrer dans le bureau de Méphistophélès.

Celui-ci paressait en lisant une BD. Sa longue queue fourchue se balançait en cadence et fouettait le sol à intervalles réguliers.

« À la bonne heure ! s'écria-t-il, ce bon vieux Scarface…

— C'est à propos de la réception de demain, m'sieu, dit humblement Capone, moi et mes potes, on voudrait bien avoir des places…

— Je m'en doute… soupira Méphisto, mais vous avez lu les journaux ? Le Boss veut une salle bourrée de massacreurs de première classe, de fauteurs de guerre hors pair…

— Justement ! plaida Capone, nous, on en a mené une, de guerre, une bonne tuerie bien dégueulasse ! La guerre des gangs, tout le monde connaît ! »

Méphisto eut un sourire apitoyé. Il se leva et ouvrit un grand registre déposé sur un pupitre. Il feuilleta quelques pages d'une main négligente.

— La Corée, 14-18, dit-il, les Guerres puniques, le massacre des Zoulous, celui des Aztèques, la guerre des Gaules, celle de Cent Ans, celle de Trente Ans, celle des Malouines, les campagnes de Napoléon, tout est là, dans le Livre, tout, tout. Regardez, les chevaliers teutoniques à l'assaut de Novgorod, les massacres sous le règne de Ts'eu-Hi, la bataille d'Alger, les croisades, les bonnes boucheries ont été répertoriées par nos soins, estampillées, classées, et je ne vois nulle trace de votre prétendue guerre des gangs ! Désolé, Scarface...

— Ne jouons pas sur les mots ! dit Luciano, nous avons été la vérole de notre époque ! On ne pourrait compter les cadavres que nous avons balancés dans l'Hudson avec une bassine de ciment en guise de godasses... et toutes les filles que nous avons tabassées pour les mettre au tapin, et la came fournie à la saine jeunesse...

— Je sais, je sais ! cria Méphisto. Votre saloperie n'est absolument pas en cause et nous y avons rendu hommage à maintes reprises. Mais, pour la soirée de demain, nous voulons des guerriers, des meneurs d'hommes au champ de bataille. La moindre escarmouche au Viêt-nam a fait plus de morts que votre fameuse Saint-Valentin ! Vous étiez de beaux salauds, c'est évident, mais à côté d'un Gengis Khân, d'un Westmoreland, d'un Caligula, vous ne faites pas le poids...

— Et Landru ! lança Capone, pourquoi il **a** une place, alors ? »

Méphisto parut surpris.

« Landru ? » demanda-t-il.

Il appuya sur le bouton de l'interphone et appela sa secrétaire. Une voix nasillarde répondit. Méphisto demanda la confirmation des dires de Capone. Il l'obtint.

« Bon, soupira-t-il, si vous croyez que c'est facile de faire plaisir à tout le monde ! La salle contient trois mille places, et près du tiers est occupé par le seul XXe siècle ! On reçoit des réclamations de tous côtés, de toutes les époques. Comment caser les chefs hittites, les empereurs chinois, les esclavagistes ? Ah ! le protocole… »

Méphisto dévisagea Capone et Luciano, apitoyé. Puis il secoua la tête.

« Ah ! dit-il, je ne peux pas vous faire ça, tout de même. Je vous passe trois billets mais vous ne dites rien à personne, hein ? »

Il ouvrit un tiroir de son bureau et tendit les bristols que Luciano empocha rapidement.

Le lendemain soir, Capone, Luciano et Dutch Schultz se firent conduire en taxi jusqu'au Lucifer Paramount où la réception se tenait. Ils avaient abandonné les seconds couteaux du Syndicat du Crime, Vito Genovese, Albert Anastasia, Lepke Buchalter qui devraient se contenter de la retransmission télévisée.

La vaste salle du Lucifer Paramount était noire de monde. On y circulait à grand-peine. Toute la fine fleur nazie occupait les premiers rangs. Les reporters d'Enfer 2 interviewaient Mengele. Tamerlan, Mussolini, Torquemada, Attila, Raspoutine et Thiers devisaient autour d'un buffet. Sur les fauteuils se prélassaient les invités d'honneur. La crème des égorgeurs s'empiffrait de petits fours.

On conduisit Capone, Luciano et Dutch Schultz jusqu'au deuxième balcon où étaient relégués les assassins de moindre calibre. Marie Besnard, Landru, Pierre Loutrel, le docteur Petiot, Ganelon, Jack l'Éventreur, Ravaillac saluèrent les nouveaux venus. Scarface était aux anges.

Soudain, la lumière s'éteignit et, devant l'écran blanc, Satan lui-même apparut. Un tonnerre d'applaudissements fit vibrer la salle.

« Mes amis, mes amis ! dit-il en levant les bras pour obtenir le silence. Je ne vais pas vous seriner avec un long discours... Les impératifs du direct me contraignent à être bref ! Dans quelques instants, le spectacle va commencer. Vous êtes la pourriture la plus infecte qu'ait jamais produit le genre humain, ici rassemblée pour la première fois. Pour cette fête, qui, vous l'allez voir, sera grandiose. Je tenais à vous offrir ce morceau de choix pour vous remercier... Musique ! »

L'orchestre attaqua une sonate lugubre et les images défilèrent...

La première bombe atteignit Moscou à vingt et une heures. Les caméras rivalisèrent de zooms audacieux pour ne rien perdre des cadavres carbonisés. Deux minutes plus tard, un torrent fulgurant s'abattit sur New York.

« Tu te rappelles, chuchota Capone, ce bar à putes au coin de la Septième Avenue ?

— Chut… répondit Luciano, regarde, la Sicile n'existe plus. »

La colère d'Adolphe

Première publication in *Les treize morts d'Albert Ayler,*
Série Noire, 1996 — © Éditions Gallimard

En général, le transfert durait trois ou quatre semaines, suivant les conditions météo. Les passagers, hébétés, sonnés, ne se rendaient même pas compte du temps qui s'écoulait. Étonnés de se trouver dans le Vaisseau, harcelés de questions par de jolies hôtesses vêtues d'aubes blanches vaporeuses chargées de préparer les dossiers d'admission, ils ne cessaient de s'agiter, tendus, encore sous le choc, incrédules. Le Vaisseau filait dans le vide intersidéral à une vitesse folle. S'enfonçait avec hardiesse dans la Voie lactée, pulvérisait au passage un nuage de météorites par-ci, tremblotait à peine en frôlant une comète par-là, résistait à l'attraction fatale de tous les trous noirs qu'il croisait sur son chemin. Majestueux, souverain. Propulsé grâce à une énergie qui se riait de toute contingence matérielle, une manière de kérosène divin, et pour cause : il avait été concocté par le Créateur en personne.

Oui, dès qu'un mortel trépassait à la surface du globe, dans les minutes qui suivaient son décès, il se retrouvait embarqué dans le Vaisseau, débarrassé de son enveloppe charnelle, réduit à une curieuse transparence, un négatif de son passé, une trace, un résidu : ce que d'aucuns appellent l'âme. Quelque chose d'impalpable qui continuait malgré tout de souffrir, d'espérer, de se demander pourquoi les dés jetés sur le tapis ne donnent pas tout de suite un 421, pourquoi les femmes sont volages, pourquoi le tramway est toujours en retard, pourquoi la peste bubonique ou le choléra viennent creuser leur sillon cruel au sein de populations innocentes, pourquoi la tartine qui tombe de la table du petit déj' atterrit systématiquement sur sa face beurrée, etc.

Il en était ainsi depuis la nuit des temps. L'esclave scythe affamé, épuisé à la tâche dans les mines de sel de Néron, le soldat de la Grande Armée tué devant Borodino, le yuppie stressé succombant à un infarctus face à l'écran de son portable, le cavalier mongol transpercé d'une flèche à l'assaut de Nijni-Novgorod, sans oublier le Chinois de Nankin décapité ou enterré vif par les soudards nippons, tous ces amas de cellules, ces conglomérats biologiques partagés entre le hasard et la nécessité, connaissaient le même sort final, inexorable : couic, terminé, un jour ou l'autre. Une encoche insignifiante dans le grand calendrier de l'éternité. Rien qu'un pet glissant sur la toile cirée de la Création. Bien le bonsoir, merci d'avoir participé à notre grand jeu-concours auquel on ne gagne rien…

Le dossier d'admission que les hôtesses vêtues d'aubes blanches vaporeuses étaient chargées de préparer comportait de nombreux feuillets de couleur, rouge et bleu. Rouge pour les péchés, bleu pour les bonnes actions. Plus un feuillet blanc que les voyageurs à destination de l'Au-Delà devaient signer en fin d'entretien et qui stipulait les circonstances exactes de la mort : naturelle, accidentelle ou consécutive à une maladie.

Quand Adolphe fit le voyage, le 7 février 1894, le soir même de son décès, l'hôtesse en charge de son dossier fut très honorée de faire sa connaissance. Elle était très mélomane et, Là-Haut, demandait toujours à être affectée à la Section des musiciens[1]. Elle se faisait appeler Euterpe, un pseudo qu'elle avait choisi en hommage aux Muses. La petite main d'Euterpe, parfumée à l'encens, se blottit dans celle, calleuse et robuste, d'Adolphe. Ses joues diaphanes

---

1. Il n'est pas dans notre intention de relater ici dans le détail le fonctionnement très complexe de l'HAP, la Haute Administration paradisiaque. Le lecteur doit malgré tout savoir que les hôtesses travaillent en trois-huit, c'est-à-dire, trois siècles au classement des archives, trois siècles de permanence dans le Vaisseau, trois siècles, enfin, au repos dans une section de leur choix.

rosirent. La vieille âme d'Adolphe, percluse de mille douleurs, en fut toute retournée. Euterpe posa ses questions et, à chaque réponse, cocha les cases, très pro. À la rubrique des péchés, Adolphe n'avait pas grand-chose à se reprocher. Certes il avait trompé sa femme, usé de ruses pitoyables pour intriguer à la cour de Napoléon III, et autres broutilles, mais quand Euterpe entreprit de remplir le feuillet bleu, celui des bonnes actions, elle fut si émue qu'elle ne put retenir quelques larmes. Adolphe, tout au long de sa vie, avait dépensé tellement d'énergie pour venir en aide à ses contemporains qu'il était évident qu'au terme du voyage, à sa sortie du Vaisseau, il serait dispensé du Purgatoire. Il raconta à sa charmante interlocutrice l'invention de son « émanateur hygiénique », destiné aux boucheries, hôpitaux et autres lieux publics, qui diffusait dans l'atmosphère des vapeurs de goudrons aux propriétés antiseptiques reconnues... Un tel dévouement à la cause de ses semblables lui vaudrait, à l'arrivée, une mention plus qu'honorable.

— Mais je n'ai pas inventé que l'émanateur... soupira-t-il. J'ai aussi...

— Je sais, je sais ! coupa Euterpe.

Elle apposa un coup de tampon sur le formulaire, fit signer à Adolphe le feuillet blanc, attestant de sa mort à la suite d'une thrombose à l'aorte. Il n'y avait pas d'erreur.

— Tout ira bien, rassurez-vous, lui dit-elle en lui caressant la main. Je vous rendrai visite, voulez-vous ?

Adolphe ne comprit pas. La petite Euterpe l'informa du cadre de travail des trois-huit auquel les hôtesses étaient soumises. Elle arrivait presque en fin de cycle au Vaisseau et pourrait enfin goûter le repos, dans quelques décennies. À la Section des musiciens, comme d'habitude. Sa préférée. Lors de son précédent séjour, elle y avait bien connu Mozart, un petit fripon, ainsi qu'Argor, ce néandertalien fort comme un bœuf, natif de la savane indo-européenne, et inventeur oublié du xylophone, dans les années moins quarante mille avant la naissance de Notre-Seigneur. Passant des bras de Mozart à ceux d'Argor, Euterpe s'était étourdie de plaisir, au point de récolter un avertissement de la part de l'Inspection de l'HAP... Les hôtesses étaient en effet tenues à une certaine réserve. Le repos des âmes, certes, lui avait-on laissé entendre, mais dans la discrétion ! La belle affaire ! Comment réprimer ses cris de joie alors qu'Argor vous besognait ? se défendit-elle. Et, d'ailleurs, il n'y avait plus d'enveloppe charnelle, simplement la communion de deux esprits, en toute pureté ! Le dossier fut classé sans suite. Non-lieu, trancha saint Pierre, qui avait personnellement apprécié Euterpe. Et notamment le petit air de pipeau qu'elle savait si bien jouer. Pas la peine d'aller déranger le Patron pour des salades pareilles. Alors que le Vaisseau s'approchait de son aire d'atterrissage, Euterpe narra l'incident avec des œillades évocatrices qui mirent du baume au cœur d'Adolphe.

Bref, à l'arrivée, quand le Vaisseau se posa sur le Terminal, Adolphe n'était pas trop déçu d'être mort. Il vit la longue cohorte des malchanceux qui se dirigeaient vers le Purgatoire, accablés, déçus, il entendit les cris des damnés qu'un autre Vaisseau, frappé des aigles infernales, lugubre, allait bientôt prendre en charge. Il lui fallut patienter quelques heures encore dans la cohue avant qu'un huissier en smoking blanc ne vienne à sa rencontre pour le conduire à la Section des musiciens. Ils cheminèrent sur un curieux tapis ouaté, bordé de fleurs qui rappelaient les asphodèles terrestres. Au loin, là-haut dans le ciel, des éclairs gigantesques zébraient le firmament.

— Un orage du côté de Bételgeuse ; ça devrait se calmer en fin de soirée, murmura l'huissier. La saison a été très humide, pas comme le siècle dernier, une vraie canicule. Nom de D... hum, pardonnez-moi, mais qu'est-ce qu'on en a sué ! Couvrez-vous donc, le vent est sournois !

Il portait le dossier d'Adolphe sous le bras, marchait d'un pas gaillard, cueillait de temps à autre une fleur au passage, en respirait le bouquet, puis la rejetait le long du chemin, de l'autre côté du talus, où s'ouvrait un gouffre insondable dans lequel s'entrechoquaient des météorites. L'huissier feuilleta le dossier sans cesser de marcher.

— Vous êtes attendu, très attendu... murmura-t-il, vous êtes un inventeur, un musicien hors pair... Vos collègues vous attendent avec la plus grande impatience.

Adolphe en eut le vertige. Lui, un musicien hors pair ? Toute sa vie durant, il s'était battu pour faire accepter ses brevets, avait travaillé d'arrache-pied pour défendre ses instruments, on l'avait pillé, espionné, il s'était épuisé en procès interminables... en vain. À l'heure de sa mort, rien n'était encore gagné.

L'huissier lui désigna une silhouette qui attendait au bout du chemin.

— Ludwig ! s'écria-t-il, c'est lui, votre plus grand admirateur.

Adolphe sentit sa gorge se serrer en reconnaissant le personnage. Le sourcil broussailleux, le front dégarni, proéminent, la masse des cheveux blancs rejetée vers l'arrière, le regard fou, pathétique, qu'il avait vu sur maints portraits...

— Ach, fou foilà envin ! s'écria Ludwig van Beethoven. Che zuis heureux te fous zerrer la main !

Adolphe se retourna, incrédule, comme s'il s'attendait à ce que Ludwig van Beethoven s'adresse à un autre que lui.

— Tans mes pras, tans mes pras, kamarade ! lança Beethoven.

Adolphe se laissa donner l'accolade, gêné, sentit les lèvres du génie embrasser ses joues râpeuses. À l'heure où la mort l'avait saisi, il s'apprêtait tout juste à se raser...

— Mais je ne suis rien... balbutia-t-il.

— Voudaises ! s'esclaffa Beethoven, izi, dous les béchés zont bardonnés ! Bas de vauzze motesdie ! Fous êtes pien Adolphe Sax, l'inventeur de zet insdrument chénial abbelé « zaxophone » ?

— Absolument, confirma Adolphe Sax. Le saxophone ! Mais j'ai aussi inventé le saxo-tromba, le saxhorn...

— Oubliés, si vous me permettez, glissa l'huissier ; il ne reste que le saxophone. Pour les siècles des siècles...

— Pardon ? balbutia Sax. Pour les siècles des...

— *Sæcula sæculorum*, confirma l'huissier. C'est une expression d'ici, très prisée, n'oubliez pas que vous n'avez plus rien d'autre à faire que de vous la couler douce ! Pour la nuit des temps !

— Mais ce n'est pas une vie ! protesta Sax.

— Non, c'est juste la mort... l'auriez-vous oublié ? souligna gravement l'huissier.

— Ach, zi ch'avais gonnu fotre infention quand che drafaillais à ma Neufième, reprit alors Beethoven, enjoué, groyez-moi, z'eût édé audre chose ! Dadadada ! Dadadada ! Mais avec tantôt lé felouté, la zuavité, tantôt la fiolenze de ce cuivre qui m'était ingonnu ! Fotre infenzion ! Chéniale ! À fous ! Adolphe Sax ! Ach, zi j'afais zu, que n'aurais-che alors gomposé ? Fenez, les amis zont là, dous là...

Un curieux aréopage se présenta alors. En costume d'époque. Mozart, Lully, Rameau, Couperin et tant d'autres. Tous serrèrent la main d'Adolphe Sax. Seul Wagner resta dans son coin à bougonner. Un buffet était dressé sur un petit nuage voisin. Pour s'y rendre, les convives empruntèrent une passerelle fleurie. Des hôtesses en aubes froufroutantes, pareilles à celle dont était vêtue la délicieuse Euterpe, accoururent alors. En quelques minutes, surgis d'on ne sait où, ils furent des centaines, des milliers à se presser autour du nouveau venu. Les hôtesses servaient un petit nectar gouleyant qui tournait la tête et chauffait les entrailles.

Ballotté de l'un à l'autre, éprouvant les plus grandes difficultés à réaliser qu'il était mort, bien mort et admis à séjourner au Paradis dans la Section des musiciens, Adolphe Sax se laissa embrasser, palper, congratuler par les uns, par les autres, célébrités décédées deux, trois, dix siècles plus tôt, ou compositeurs malchanceux, instrumentistes besogneux mais méritants, concertistes tombés dans l'oubli, voire simples musiciens de foire, humbles bateleurs d'estrade qui avaient diverti le public de leurs modestes aubades... Un vieillard au visage buriné, flétri, vêtu d'une toge, s'approcha alors d'Adolphe Sax et lui tendit la main. L'huissier fit les présentations.

— Monsieur Homère, dit-il, spécialement venu de la Section des poètes pour vous rencontrer...

En quelques mots, Homère expliqua à Adolphe Sax que le chant des sirènes, celui auquel Ulysse n'aurait pu résister s'il ne s'était fait ligoter au mât de son bateau, eh bien, c'était précisément la sonorité du saxophone !

— Le... le chant des sirènes ? bégaya Adolphe Sax, rouge de confusion.

— Absolument, cher ami, confirma Homère, c'est précisément ce que j'imaginais au moment même où je composais les vers de l'*Odyssée* !

— Évidemment, vous êtes mort beaucoup trop tôt pour vous en rendre compte, insista Mozart, mais vous pourrez constater que votre invention a un très bel avenir... soyez-en sûr !

Adolphe Sax installa donc ses pénates dans un bungalow confortable de la Section des musiciens. Il passait le plus clair de son temps à flemmarder, comme ses congénères, et, tous les soirs, se rendait à un des nombreux concerts organisés sous la houlette de l'HAP. Il finit par y croiser le fameux Argor, ce néandertalien vêtu d'une peau d'ours qui lui présenta le premier prototype de sa propre invention : le xylophone ! À vrai dire, Argor ne tenait guère à parler musique. Il attendait avec la plus grande impatience la visite d'Euterpe qui, une fois sa permanence au Vaisseau achevée, allait partager son temps à visiter les bungalows de ses musiciens préférés...

Tous les matins, Adolphe Sax se rendait à la librairie centrale pour lire la gazette donnant des nouvelles de la Terre. Peu à peu, il vérifia la prédiction de Beethoven, de Mozart, de tant d'autres qui ne tarissaient pas d'éloges à son égard. Le saxophone parvint peu à peu à s'imposer dans les orchestres, grâce entre autres à Bizet ou Saint-Saëns, qui rejoignirent un peu plus tard la Section des musiciens. Ce ne fut là qu'un succès éphémère. Adolphe Sax se renfrogna. Beethoven, qui lui rendait fréquemment visite, l'exhortait à la patience.

— Fous ferrez, fous ferrez... za ne fa bas darter à béter, et drès vort ! répétait-il en riant.

Au début des années 1920, Adolphe Sax comprit enfin. Euterpe avait terminé sa permanence au Vaisseau, et la Section des musiciens tout entière put s'enivrer du petit air de pipeau qu'elle savait si bien jouer. Sax fut particulièrement gâté. Mais ce n'était pas là le plus important : le jazz était né ! Le saxophone avait enfin conquis droit de cité.

Un peu plus tard, la première fois que Sax
entendit jouer Charlie Parker, il en eut les larmes aux yeux. Beethoven s'était procuré un
enregistrement exclusif du Bird, encore vivant
à l'époque, et, en catimini, le confia à Sax.
Beethoven fut convoqué par l'Inspection de
l'HAP pour cette entorse au règlement : toute
audition d'une œuvre en provenance de la
Terre était formellement proscrite avant la mort
de son auteur, mais qui donc allait chercher des
poux dans la tête de Ludwig Van, le compo-
siteur de l'*Hymne à la joie* ? Il fut élargi et l'incident ne fut même pas consigné sur son
curriculum mortæ...

— Fous afez endendu ze Pird ? Ze Jarlie
Barker ? demanda Beethoven, d'une voix nouée
par l'émotion. Vandasdique, n'est-ze bas ? Eh
pien, il fa biendôt mourir ! Drop cheune, peau-
coup drop cheune ! Méviez-fous, mon cher Zax,
méviez-fous ! Che ne zais bas ze qui ze pazze,
mais on fous en feut ! Gomme on m'en a foulu
à moi !

Adolphe Sax hocha gravement la tête, compa-
tissant. Beethoven ne s'était jamais remis de ses
déboires terrestres. Lui, musicien génial, s'était
vu infliger la pire des infirmités, la surdité !
Désespéré, il avait sombré dans l'alcoolisme et
était mort d'une cirrhose du foie. Ludwig, malgré la béatitude que le Créateur lui octroyait à
présent — séjourner au Paradis ! — en conser-

vait une aigreur certaine. Mozart, au cours des soirées arrosées au nectar divin qui suivaient les concerts donnés à la Section des musiciens, confiait volontiers en privé que Ludwig était un peu parano. Les convives acquiesçaient gravement : Wolfgang en avait bavé, lui aussi, en bas, et pourtant il ne la ramenait pas trop… Pourquoi râler ? La soupe était bonne, les hôtesses attentionnées, les salles de concert confortables, allez, il valait mieux passer l'éponge. Le Seigneur, de toute éternité, s'était un peu planté, en s'acharnant sur les musiciens, c'était de notoriété publique, mais on aurait pu en dire autant dans toutes les sections… chez les écrivains ou les poètes, par exemple ! On ne comptait plus les artistes morts dans la misère, le désespoir. Alcooliques, morphinomanes, shootés de diverses obédiences, ils se valaient tous, les malheureux.

— Et le fils du Boss lui-même, il a pas dérouillé, peut-être, sur sa croix ? rétorquaient les plus fervents des légitimistes.

L'argument était de poids. Quoi qu'il en soit, au fil des décennies, Adolphe Sax se rangea peu à peu à l'avis de Beethoven. L'Autorité divine y allait un peu fort. Quand on accueillit Charlie Parker à la Section, le 12 mars 1955, accompagné de sa fille, Pree, emportée par une pneumonie un an plus tôt, et qu'Adolphe Sax était allé en personne récupérer à la Section des enfants, il s'ensuivit un gigantesque bœuf, absolument mémorable. Mozart interpréta *I'll Remember April* au clavecin. Ludwig Van, qui avait beaucoup répété, se lança à la trompette dans un *Salt Peanuts* endiablé. Lully aux *drums*, Couperin à la contrebasse, Argor, *guest star*, au xylo ! Du jamais entendu ! Les inspecteurs de l'HAP fermèrent les yeux sur le fait qu'en fin de soirée les hôtesses, Euterpe en tête, avaient quitté leur aube et dansaient nues sur la scène ! Les huissiers eurent beaucoup de travail, le lendemain, pour effacer les traces de ce chambard insensé !

Chez les pauvres mortels, la vie allait son cours, pitoyable. Adolphe Sax tint à se rendre en personne au Terminal où se posa le Vaisseau chargé d'âmes, le soir du 22 juillet 1967. Un grand gaillard noir, hébété de se trouver là, tenait dans ses bras un étui volumineux, entre tous reconnaissable, celui d'un sax ténor.

— *My Favourite Things*, c'est une merveille… s'écria Adolphe en serrant la main de Coltrane.

— Pourquoi suis-je mort si tôt ? demanda celui-ci. Mon foie aurait pu tenir encore quelques années… non ?

Une copine d'Euterpe l'avait assisté durant tout le voyage, prévenante. Sans parvenir à lui faire comprendre qu'il était inutile de tenter de se révolter contre le sort qui lui avait été réservé par l'HAP.

— Bah, c'est difficile à expliquer, comme toujours, lui confia Sax, l'histoire d'une injustice…

— Le Bird est là ? demanda Coltrane.

— Il est là… et beaucoup d'autres, murmura
Sax.

Une fois les formalités d'accueil réglées,
Coltrane chemina en compagnie de Sax sur le
sentier cotonneux bordé d'asphodèles qui me-
nait à la Section. Soudain, il fronça les sourcils,
inquiet. Une musique tonitruante, agressive,
emplissait l'air de ses échos cacophoniques.

— Je veux bien être mort, s'écria-t-il en se
bouchant les oreilles, mais ce n'est pas une raison pour m'infliger cette merde !

— Ce n'est rien, rien du tout, rassurez-vous,
assura Sax, rien qu'une fois par an, on autorise
Wagner à donner un concert, mais après, il nous
fout la paix…

L'arrivée de Coltrane à la Section des musiciens fut particulièrement remarquée, eu égard
à son talent. Ce ne fut que le prélude d'une
évolution inexorable. Les jazzmen, tout simplement en raison des lois démographiques qui ré-
gissaient la croissance de l'humanité, arrivèrent
de plus en plus nombreux au Terminal. Les
collègues d'Euterpe, consciencieuses, s'empres-
sèrent de signaler la vague prochaine de décès
des tenants du rock and roll, du rhythm and
blues, en conséquence de quoi il fallait procéder à des travaux d'urgence dans la Section des

musiciens, mais le Bureau des statistiques de l'HAP ne réagit qu'avec une extrême mollesse. Encroûté depuis des millénaires dans une gestion routinière, ledit Bureau n'était plus à même de remplir sa mission. Il y avait un problème de management. Et des plus sérieux.

À la Section des musiciens régna bientôt un joyeux bordel. Les jazzmen se réunirent en une coterie solidaire, en butte aux tracasseries permanentes des inspecteurs de l'HAP. Coltrane et le Bird se virent, bien malgré eux, propulsés au rang de leaders de la jacquerie. Les rodomontades d'un Beethoven, qui avait longtemps fait figure de franc-tireur auprès de ses pairs au cours des deux derniers siècles, passaient à présent pour des enfantillages. À chaque arrivée de nouvelles âmes au Terminal, Coltrane et le Bird, assistés de Sax, étudièrent avec minutie le dossier des défunts, prêts à dénoncer l'injustice.

Tel gosse, trompettiste de Brooklyn, rectifié d'un coup de surin à la sortie d'une boîte ? Dette de jeu ? O.K. ! Oh, mais voilà qui méritait une étude scrupuleuse ! Un pardon éventuel. Pourquoi ne lui avait-on pas accordé un petit sursis ? Pourquoi l'avoir remis entre les mains griffues de Belzébuth ? Et ce vieux saxophoniste de la West Coast, qui versait scrupuleusement son obole à la Mafia, économisant pourtant dollar après dollar pour sauver sa fille de la dope, pourquoi n'avait-il pas bénéficié de la mansuétude divine ? Pourquoi grillait-il à présent dans les feux de l'Enfer ? Ce n'était plus un cahier de doléances, un brouillon pour des accords de Matignon, c'était une véritable déclaration de guerre, une rébellion en bonne et due forme contre l'Autorité divine !

Accumulant les mémorandums, les pétitions, le quatuor des récalcitrants — entendons : Sax, Parker et Coltrane, épaulés par Ludwig Van — se tailla bientôt une réputation infernale dans les hautes sphères de l'HAP. La coupe déborda carrément le matin du 25 novembre 1970 quand on apprit la mort, à trente-six ans, d'Albert Ayler. Parker, la gazette sous le bras, bouleversé, se rendit au bungalow de Ludwig, où celui-ci prenait des cours de saxo auprès de Coltrane. Sax, également présent, lut l'entrefilet à voix haute.

— Incroyable, balbutia Coltrane, il a été repêché dans l'East River, mais on ne connaît pas exactement les circonstances de sa mort !

— Fous foyez que ch'afais raison ! s'exclama Beethoven, maintenant, ils ne ze tonnent même blus la beine de chustivier le tézès ! Garrément ! Les zalauds !

— Cette fois, c'en est trop ! décréta Sax.

Il enfila sa redingote, saisit un bâton et prit la tête de la cohorte qui se dirigea vers le siège de l'HAP. La nouvelle de la mort scandaleuse d'Albert Ayler s'était répandue à travers toutes les sections artistiques, et les musiciens furent rejoints par les poètes, les peintres, les chanteurs... Ce furent plusieurs centaines de milliers d'âmes qui se dirigèrent en manif chez saint Pierre.

Les autorités de l'HAP acceptèrent de recevoir une délégation et, sommées de s'expliquer, donnèrent une version extrêmement confuse de l'événement. Il fut question d'une cuite qui aurait mal tourné, d'une glissade le long du quai. Un destin totalement inadmissible pour un musicien de renom.

— Pas de bobards ! s'écria Sax, nous voulons la vérité.

Saint Pierre, penaud, finit par lâcher le terrible aveu.

— Eh bien, quand nous avons étudié le dossier, quand nous avons entendu les sonorités que produisait ce monsieur Ayler sur son instrument, nous n'avons pas réalisé qu'il s'agissait de... euh... de musique, n'est-ce pas ! C'est pourquoi cette âme n'a bénéficié d'aucune protection particulière...

— Vous n'avez jamais entendu parler du free jazz ? demanda Coltrane, médusé.

Saint Pierre hocha négativement la tête. Il dut promettre de veiller désormais sur les saxophonistes, de ne plus les traiter à la légère, et encore moins de s'acharner contre eux. Sax fut particulièrement virulent.

— Si jamais il arrive quelque chose de dou-teux à Archie Shepp ou à Sonny Rollins, pré-vint-il, ce sera l'émeute ! Ceux-là, ils doivent mourir dans leur lit, et octogénaires !

Depuis ce jour mémorable, la Section des musiciens a retrouvé tout son calme. Quand Albert Ayler joue *Witches and Devils*, Beethoven met la sono à fond, et les oreilles de saint Pierre sifflent un peu…

*La bataille
des Buttes-Chaumont*

Première publication : éditions La Loupiote, 1997

Durant ma longue existence, à vrai dire assez oisive, j'ai souvent eu le loisir d'imaginer les circonstances de ma mort. Masochisme, direz-vous ? Peut-être... J'ai passé tant d'années à croupir dans un recoin de bureau empoussiéré qu'il me fallait bien meubler les journées. Mon imagination, très fertile, m'amenait alors à envisager quantité de catastrophes lors desquelles je viendrais à disparaître : secousses sismiques, bombardements, raz de marée, que sais-je encore ? En regard de ma robuste constitution, je ne lésinais pas sur les moyens, puisqu'il n'en faudrait pas moins pour me réduire à néant le moment venu.

Il ne s'agissait pas seulement d'un jeu gratuit, d'un délire spéculatif, d'une manie de vieillard qui se sait condamné : ces pensées morbides envahissaient le champ de ma conscience, inlassablement. La nuit, quand je parvenais enfin à trouver le sommeil, mes cauchemars étaient souvent peuplés d'images d'incendies et j'entrais alors dans des états de transe à cette évocation des flammes. Je m'éveillais, tétanisé, aussi raide qu'un piquet... Pareille terreur n'avait rien de fortuit. Il existait en effet des antécédents familiaux. Un de mes oncles périt ainsi rongé par les flammes, à la suite d'une sombre dispute conjugale, après avoir mené une existence de bâton de chaise. Il ne fut pas le seul. Une cousine éloignée, assez badine, fut réduite en cendres par un obus au phosphore durant l'offensive Nivelle, une des pages les plus glorieuses de la guerre de 14-18. Elle s'était amourachée d'un général d'infanterie, lequel survécut et fut décoré pour sa bravoure. La chronique familiale rapporte également le triste sort que connut un de mes filleuls. Un vrai manche, celui-là. Un raté. Militaire lui aussi. Tout juste bon à malmener l'indigène annamite lors de la campagne du Tonkin. Des mauvais plaisants le transformèrent en torche vivante lors d'une beuverie, un soir de 14-Juillet, à la suite d'une erreur de manipulation pyrotechnique.

Hanté par leur exemple, je ne cessais de songer à tant de souffrances. Allais-je connaître un sort comparable ? Mes rêves étaient prémonitoires. Ce fut bien le feu qui mit fin à mes jours, le 26 août 2028. Le destin m'avait accordé une si longue existence que je ne peux lui en tenir rigueur. En ce sinistre jour, un lundi, je me consumai pour retourner à l'état de poussière sur ma terre natale. Ce Paris que j'ai tant aimé. Mes souvenirs n'en finissent plus de danser la sarabande autour du carré d'herbes folles où je repose, près des ruines du Belvédère, ce vulgaire amas de pierres noircies qui surplombe les anciennes Buttes-Chaumont...

Garry avait pris ses fonctions au printemps 2027 et m'avait croisé lors d'une banale visite d'inspection au commissariat de la mairie du XIXe. J'y somnolais à l'ombre d'un vieux classeur à crémaillère. Dès le premier coup d'œil, entre Garry et moi, ce fut le coup de foudre. Il m'adopta. Mes longs états de service plaidaient en ma faveur. En dépit de mon âge, je pouvais encore me montrer utile. J'avais toujours fait preuve d'efficacité, de fidélité, de discrétion. Autant de qualités qu'un policier apprécie. Garry était une légende vivante. Paix à son âme. *Resquiescat in pace*, ainsi que le disait un autre de mes cousins, digne serviteur d'un évêque, un sacré bougre auquel il valait mieux ne pas chercher des crosses !

Entré dans la carrière comme simple gardien de la paix, Garry avait gravi tous les échelons de la hiérarchie, un à un, jusqu'à se hisser au poste suprême. Quand il s'installa dans le fauteuil de son grand bureau, à la préfecture de police, toute la flicaille comprit qu'il allait secouer le cocotier et que c'en serait fini de la routine.

Les temps étaient rudes. Nous traversions une époque de ténèbres ! Fuyant les épidémies qui ravageaient l'Afrique noire, ou terrorisés par les despotes islamistes qui régnaient sur le Maghreb, les va-nu-pieds arrivaient en masse sur notre belle terre de France. Malgré la fermeture des frontières méditerranéennes grâce à la fameuse ligne Mégret — un réseau serré de barbelés et de miradors implantés de Biarritz à Nice —, ils étaient toujours plus nombreux à s'infiltrer dans nos murs. Un sang impur abreuvait nos sillons. La France ne pouvait décemment accueillir toute la misère du monde. Il fallait en finir. Frapper fort.

Sous la houlette de Garry récemment nommé, Paris assista à des rafles mémorables. Nous traquions l'immigré clandestin, le basané, le crépu, avec l'énergie du désespoir. Garry démontra que la victoire était à portée de main. Barbès fut nettoyé de ses derniers Arabes à la fin décembre 2028. Quelle nuit de la Saint-Sylvestre nous vécûmes alors ! Le quartier de la Chapelle connut le même sort quelques mois plus tard. Quant aux tribus ghanéennes qui infestaient les égouts, elles en furent extirpées après une traque impitoyable à laquelle je participai aux côtés de Garry. Mon maître fut décoré par le président de la République, eu égard à cette campagne d'assainissement menée tambour battant. Présent à la cérémonie, j'en ressentis une fierté sans pareille. Quel beau travail nous avions accompli !

De tous les maîtres que j'ai servis, Garry fut sans conteste le plus attachant. Rude, courageux, retors, fort comme un bœuf, brutal, dénué de tout scrupule... Je ne peux que le comparer à Son Excellence le général Vinoy, que j'eus l'honneur de rencontrer en 1871, durant la Semaine sanglante. Soit près de deux siècles avant que Garry ne m'adopte. Dieu, que le temps passe... Cher, très cher général Vinoy ! Qui sait ce que je serais devenu sans votre providentielle intervention ? Au plus fort des combats, vous me recueillîtes dans un caniveau, en bien piteux état. Un de ces individus sans foi ni loi, un assassin, un ogre, bref un communard s'était emparé de ma modeste personne et me traînait vers sa barricade, au coin de la rue Ramponeau. Une balle de chassepot lui brisa les reins. Le communard, blessé à mort, s'affala contre moi. Je me retrouvai couvert de son sang. Vous me saisîtes alors et ordonnâtes à un de vos officiers de nettoyer mes souillures. Quand ce fut fait, vous me pressâtes contre vous. Je ressens encore, cher frère d'armes, la caresse de vos mains viriles sur mon vieux corps meurtri. Souvenirs, souvenirs...

J'éprouve une fierté certaine d'avoir péri aux côtés de Garry. En 2028, il venait de fêter ses quarante ans et, après ses débuts en fanfare au poste de préfet de police, sa carrière s'avérait prometteuse. Barbès à jamais désarabisé, la Chapelle rendue à sa pureté raciale, mazette, quel joli tableau de chasse ! Il n'eut pas le temps de s'endormir sur ses lauriers, les hautes autorités politiques réclamaient toujours plus... Sus à l'envahisseur, glapissaient les gazettes ! Le ministre de l'Intérieur exigea que l'offensive de purification ethnique se poursuive jusqu'à son terme, dans les délais les plus brefs.

Les ordres étaient les ordres. Garry s'interdisait de les discuter. En privé, quand il recevait quelques amis chez lui, il ne se gênait pourtant pas pour railler l'incompétence des dirigeants. J'écoutais ses confidences iconoclastes avec délices. Les fortes paroles de cet homme à poigne m'ont toujours comblé d'aise. Après le nettoyage de Barbès et de la Chapelle, Garry était d'avis de marquer une pause tactique. Avant de mener une nouvelle offensive, il voulait étudier les ruses de l'adversaire, repérer ses caches, détruire les réseaux d'aide clandestins constitués par des Français félons...

Garry fut victime de ses premiers succès. Il fallut donc agir dans la précipitation et s'attaquer aux derniers arrondissements de la capitale où les hordes étrangères avaient établi de solides têtes de pont. Belleville en était l'épicentre. Ses mosquées, ses synagogues narguaient les clochers de Notre-Dame qu'elles dominaient en raison des caprices de la géographie parisienne. Belleville ! J'ai toujours eu une tendresse particulière pour ce quartier. J'éprouvais un plaisir sans égal à venir y traîner. J'y suis né, et nous sommes tous ainsi faits qu'un atavisme irrépressible nous amène à chérir notre terre natale.

Je revois les bois touffus qui couvraient ces collines, jadis. Je me souviens d'Antonius, aide de camp du grand César. Voyez un peu si ça date ! Moins 53 avant J.-C. ! La vie était belle en ce temps-là. Antonius s'était approché de ma famille, son glaive à la main. Nous nous étions tous blottis autour de mon père, un vieillard chenu à la mine austère, mais si tendre. Sans qu'aucune cruauté n'affleure dans ses gestes, Antonius me détacha des miens. J'eus un petit pincement au cœur, mais j'étais déjà suffisamment âgé pour quitter mon nid douillet et partir à la découverte du monde ! Antonius me conduisit jusque dans la tente de César. De vigoureux gaillards y astiquaient leurs cuirasses avant de donner l'assaut contre Lutèce, après l'assemblée des Gaules. Sous leur regard amusé, Antonius entreprit de me toiletter avec vigueur.

Ses mains étaient si habiles que je me transfor-
mai rapidement en jeune auxiliaire des légions
romaines. Plus de deux mille ans se sont écou-
lés depuis ! Deux mille ans ? J'en ai le vertige.
À l'époque je n'étais encore qu'un godelureau
troublé par les poussées de sève de l'adolescence... De siècle en siècle, je me suis endurci.
J'ai appris à servir. Telle était ma destinée, ainsi
que mon père me l'avait enseigné. Mais foin de
nostalgie ! Revenons à Garry.

Ce funeste jour du 26 août 2028, l'ennemi
était prévenu de notre offensive et s'était pré-
paré à l'attaque. Ses espions rôdaient partout.
Il ne fallait pas être grand clerc pour deviner
que la noria d'hélicoptères de combat qui sur-
volaient la Seine avant de se poser sur les toits
de la préfecture annonçait l'orage. De même,
les convois de véhicules blindés que l'on massa
porte de Bagnolet et sur les Maréchaux jusqu'à
Vincennes et Clignancourt n'étaient que le prélude d'un encerclement en règle de l'enclave
où la racaille avait trouvé refuge.

D'un point de vue militaire, la situation était
absurde, ainsi que Garry ne cessait de le souli-
gner dès qu'il s'adressait à ses proches collabo-
rateurs... Qu'on en juge : au sud-sud-ouest de
la capitale, les barrières d'accès qui jalonnaient
la grande muraille de béton avaient toutes été
condamnées depuis 2010, mettant ainsi les
secteurs concernés à l'abri de l'envahisseur.

Du XIIIe au XVIe, de Jasmin à la Butte-aux-Cailles, de Denfert à Saint-Cloud, de Saint-Germain à Balard, pas un basané ne pouvait franchir les postes de contrôles raciaux. Les nationaux quant à eux circulaient en toute liberté d'arrondissement en arrondissement grâce aux cartes à puce qui leur permettaient de traverser les différents check-points dispersés aux carrefours stratégiques.

Un tel effort de cloisonnement ne servait pourtant à rien ! Faute de crédits, le nord-nord-est de Paris ne bénéficiait en effet pas des mêmes protections ! Incurie de la technostructure : la ville était coupée en deux. La voie Georges-Pompidou, interdite à toute circulation, hérissée de chevaux de frise, faisait vaille que vaille office de frontière. La rive gauche était saine, alors que la rive droite grouillait d'individus plus que suspects en regard du code ethnique pourtant très strict voté par la Chambre des députés lors de la session de l'hiver 2016.

Avant de procéder au bouclage total de la ville par un dispositif de contention homogène, sur tout le pourtour du périphérique, il fallait éradiquer les îlots de résistance. Belleville se trouvait au beau milieu du champ de bataille. Depuis plus de deux siècles, cette vieille terre française n'en pouvait plus de supporter la souillure que lui infligeait la populace cosmopolite qui y trouvait refuge, contre vents et marées. Tous semblaient s'être donné rendez-vous sur ses collines. Sémites de toutes obédiences, Africains et métèques à l'identité incertaine avaient proprement colonisé les hauteurs de Paris !

À l'aube du 26 août, j'assistai au briefing qui réunit les principaux adjoints de Garry, avant l'assaut. L'attaque devait être menée suivant la technique du blitzkrieg. La date n'avait pas été choisie au hasard. Elle correspondait au début du mois de ramadan. Occupé à ses libations tribales, l'adversaire verrait s'abattre la foudre avec des capacités de riposte amoindries ! Garry résuma la philosophie de l'action : une frappe aérienne pour affoler l'ennemi, puis, immédiatement après, l'envoi de troupes à pied. Lourdement équipées. Gaz, pompes à eau à jet puissant, balles de caoutchouc, filets de capture, grenades soufflantes, asphyxiantes, incendiaires, sirènes à ultrasons ! J'allais oublier les canons à glu, qui vous transformaient le récalcitrant en statue poisseuse en moins de temps qu'il ne faut pour le dire ! L'arsenal était impressionnant. Au moment de quitter son bureau, Garry m'étreignit longuement. Il savait que je n'avais que mépris pour ces techniques de répression modernes. Je préférais le corps à corps, à la loyale, à armes égales. Comme au bon vieux temps.

— Ne fais pas la gueule ! me dit mon maître

en me serrant contre lui. Tu m'es toujours aussi précieux !

Il me hissa à bout de bras dans l'hélicoptère qui conduirait l'escadrille au combat. Garry avait revêtu la tenue classique de maintien de l'ordre, combinaison noire, gants renforcés, casque intégral, protège-tibias, rangers. À l'instant de l'envol, j'eus un mauvais pressentiment. Garry le devina, me secoua énergiquement, me présenta à ses commandants de section.

— Haut les cœurs ! s'écria-t-il, l'ancêtre est avec nous !

On me salua avec des hourras tonitruants. Garry était parvenu à me regonfler le moral, comme toujours. Durant toutes les opérations de répression auxquelles j'ai eu l'honneur de participer, je n'ai jamais connu la peur. L'excitation de la bagarre, les cris, le choc des coups assénés, l'explosion des boulets de canon, des grenades, voilà la musique qui me réjouissait ! Nostalgie...

Je n'étais jamais monté à bord d'un hélicoptère. Étrange sensation. J'avais déjà pris l'avion, bien entendu. Durant la Seconde Guerre mondiale. Un gestapiste du doux nom de Schultz s'était entiché de moi, au début de l'année 41. Sacré Kurt ! Il m'appelait son « petit titi parisien ». Nous nous étions connus au cours d'une mémorable séance d'interrogatoire qui avait commencé au commissariat du XXe où j'étais alors réglementairement affecté, pour se terminer dans les caves de la rue des Saussaies. Nous avions tabassé de conserve une petite gouape bolcheviste qui refusait de donner les noms des membres de son réseau. Avec mon aide empressée, Schultz parvint à lui faire entendre raison. En guise de récompense, Kurt m'emmena chez lui, à Cologne, durant une permission. Je fis la connaissance d'Helga, sa délicieuse épouse. En toute amitié, il m'invita même à participer à leurs ébats… Helga n'était guère farouche mais la proposition la révulsa tout d'abord. Kurt insista tant et si bien qu'elle finit par accepter cette petite facétie. Nous nous retrouvâmes donc tous les trois dans le lit conjugal. Sous la conduite experte de Kurt, je besognai la plantureuse Helga. Une levrette rondement menée ! Ma foi, je dois confesser que j'ai grandement apprécié la séance. J'avais connu d'autres femmes, plus délurées que cette Teutonne, plus inventives dans l'utilisation qu'elles pouvaient faire de mes talents érotiques, mais cette petite sauterie, fort bien venue durant les années tragiques que nous traversions, m'emplit de joie. Puis je revins à Paris, avec Kurt. Qui m'oublia aussitôt. L'ingrat ! Son amitié si prometteuse n'était en fait qu'une toquade. Il m'abandonna à l'autorité de Vernier, un brave flic français que je servis jusqu'à la fin de la guerre. Nous connûmes bien des aventures. Vernier eut quelques ennuis à la Libération, et ce fut un de ses adjoints, moins compromis dans la collaboration avec les services allemands, qui me prit sous son aile protectrice.

À l'aube du 26 août 2028, Garry et moi, nous survolâmes Paris en rase-mottes à bord de notre hélico. Les pales brassaient l'air chargé d'électricité. De gros nuages pesaient sur Notre-Dame. Il y eut des éclairs, des averses, au sud, vers Bercy. En moins de cinq minutes, après avoir frôlé la statue de la République, nous arrivâmes à Belleville en remontant la rue du Faubourg-du-Temple. Suivant les prévisions des services de renseignements de Garry, la populace devait dormir. Rue Ramponeau et rue Piat, nous nous attendions cependant à une résistance vigoureuse.

Mais là n'était pas le plus grave. Depuis plus de dix ans, les émigrants en provenance de l'Europe de l'Est avaient colonisé d'autres versants du secteur, de Bolivar jusqu'à Stalingrad ! Mes chères Buttes-Chaumont elles-mêmes abritaient un gigantesque camp de tentes, aménagé par les nationaux de l'ex-Union soviétique, Tchétchènes, Gagaouzes, Kirghizes, que sais-je encore ? ces gens ont la curieuse manie de s'affubler des noms les plus saugrenus ! Ils avaient renoncé à déloger la plèbe arabo-turco-judaïque qui régnait sur le bas Belleville depuis les désastres néocoloniaux et s'étaient entassés vaille que vaille dans des immeubles désertés par les honnêtes citoyens, dans les couloirs du métro, à l'instar des Ghanéens, voire dans les jardins publics. Les berges du canal de l'Ourcq s'étaient couvertes de cahutes, d'isbas, de yourtes ! Après la suppression de la Sécurité sociale, en 2015, le Grand Conseil tchétchène avait même — en toute impunité ! — investi l'imposant immeuble de la rue de Flandre, pour le transformer en un souk digne de Tachkent ou de Samarcande ! Plus grave encore, ces bougres étaient armés jusqu'aux dents. À la suite des innombrables trafics qui virent sombrer l'Armée rouge, le fusil d'assaut AK 47 était devenu une denrée courante. Le promeneur insouciant — mais en restait-il encore ? — qui se serait risqué jusqu'aux abords de la Villette aurait croisé ces gaillards moustachus, vêtus de treillis bariolés et chaussés de lourdes bottes cosaques, qui exigeaient le paiement de taxes pour la simple traversée de leur territoire ! Ils avaient fait main basse sur l'écluse de Jaurès ainsi que sur les ponts, jusqu'aux Moulins de Pantin, et prélevaient une dîme exorbitante auprès des bateliers.

Affolés par ce voisinage turbulent, les Célestes qui avaient investi en masse le quartier à la fin du XXe siècle s'étaient exilés pour rejoindre leurs congénères du Chinatown de la porte d'Ivry. Puis le boom économique auquel on assista en Asie au tournant du troisième millénaire les décida peu à peu à regagner leurs pénates. Les avions décollèrent les uns après les autres en direction de Hong Kong et de Pékin... Nous fûmes débarrassés de cette engeance sans avoir à porter la moindre offensive ! Ô ironie ! mon maître Garry, qui se régalait des plats épicés à la mode du Sseu-tch'ouan, se désolait de ne plus pouvoir trouver une seule gargote chinoise dans tout Paris !

Mais revenons-en à la chronique de ce jour maudit du 26 août 2028 ! Sous le commandement de Garry, le nettoyage du secteur du bas Belleville ne posa pas grand problème. Nos bataillons investirent la place en moins d'une heure. Il y eut quelques rébellions rue Ramponeau, dans les cités de la rue Rébeval, comme prévu. Vite matées. L'hélico de Garry s'était posé au carrefour Pyrénées-Belleville. Nous parcourûmes à pied les rues désignées « secteur A » sur nos cartes d'état-major. La troupe avait accompli sa besogne, avec énergie mais sans cruauté. Dignement. Garry la félicita. Elle l'avait mérité. Les prisonniers, hommes, femmes, enfants, furent rassemblés dans les stations de métro, entassés en groupes compacts le long des quais. Les tunnels étaient gardés par des sections d'assaut équipées de chenillettes. Le bouclage était totalement étanche. On regroupa illico cette plèbe geignarde par ethnies, suivant des critères de faciès, à la suite d'un premier tri grossier. Tout ce joli monde fut ensuite acheminé vers le Parc des Princes pour un examen plus détaillé.

À midi tapant, l'Hôtel de Ville publia un premier communiqué de victoire sur les chaînes câblées, alors que le gros de la bataille n'avait même pas commencé et s'annonçait bien plus rude. Les avant-postes tchétchènes et gagaouzes, auxquels s'étaient curieusement ralliées quelques tribus tamoules, avaient soigneusement évité le moindre accrochage durant toute la matinée. Les estafettes de Garry, expédiées autour des Buttes-Chaumont, rue de la Mouzaïa, rue Manin, rue des Alouettes, avenue Simon-Bolivar, rentraient toutes avec des nouvelles alarmantes à propos du secteur B. On y entendait le cliquetis des kalachnikovs prêts à cracher le feu à la vue du moindre policier qui viendrait à s'aventurer dans les parages.

Comme d'habitude, le brave gardien de la paix, insuffisamment équipé, allait se faire tailler des croupières ! À l'écoute de ces nouvelles, je ne pus m'empêcher de songer aux virées nocturnes que j'effectuai avec un des maîtres les plus sympathiques qu'il m'ait été donné de rencontrer, le brave brigadier Goulart...

C'était dans les années 50. 1950, dois-je préciser ! Nous parcourions alors en vélo, lui sur la selle, moi derrière, juché sur le porte-bagages, les ruelles de Pigalle, où les malfrats faisaient la loi. Les caïds du pain de fesse, qui régnaient place des Abbesses et alentour sur quantité de petits tapins en bas résille, s'étranglaient de rire quand ils voyaient surgir l'« hirondelle » Goulart, eux qui étaient équipés de brownings et circulaient à bord de tractions-avant ! J'ai servi le brave Goulart plus de quinze années durant. La dernière expédition à laquelle je pris part à ses côtés fut la manifestation au métro Charonne.

Après la mort de Goulart d'une cirrhose du foie en 66, je me retrouvai esseulé au commissariat de la Chapelle. Un de ses neveux m'adopta, en hommage à la mémoire de son oncle. Facétieux, le jeune homme ! Nous vécûmes quelques heures réjouissantes, en mai 68, au centre de tri de Beaujon... Beaujon ? C'était bien loin. Si, à l'époque, on m'avait prédit que j'aurais un jour à affronter des Tchétchènes sur les hauteurs de Belleville, j'aurais sans doute éclaté de rire ! Goulart était mort, ainsi que son neveu. Durant les trois décennies qui suivirent 68, je m'ennuyai ferme. J'avais été relégué dans un placard obscur du commissariat du XIXe, une véritable offense à mon déroulement de carrière ! Garry m'en avait extirpé.

Nous étions donc là, tous deux, sur les contreforts de Belleville, à épier les déplacements de troupes au sein du camp tchétchène. L'état-major de la préfecture nous avait promis des renforts mieux armés, qui arrivèrent peu après midi. L'équipement classique avait suffi pour réduire le bas Belleville, mais, face aux sauvages de l'Est, il fallait placer la barre plus haut. On tirerait à balles réelles. L'hélico de Garry nous emporta pour nous déposer à Jaurès, où il établit son PC, bien à l'abri sous les piles du métro aérien. Nous serions ainsi aux premières loges.

Déchaînés, les Tchétchènes tirèrent leurs premières salves à treize heures GMT. Un escadron de CRS fut fauché au carrefour Bolivar-Manin. Les nôtres répliquèrent par une attaque aérienne au gaz paralysant directement sur le campement des Buttes-Chaumont. Là se trouvaient les familles, femmes, enfants, vieillards que les combattants se juraient de protéger jusqu'à la mort. Des armes lourdes abattirent deux hélicos qui s'effondrèrent en flammes dans le lac du parc des Buttes. Les Tchétchènes rugirent de joie et entonnèrent un de leurs chants guerriers. La vodka coulait à flots. Le pilote d'un des hélicos, qui avait miraculeusement réchappé au crash de son appareil, fut dépecé vif en haut du Belvédère. Les membres des forces spéciales de la préfecture, embusqués derrière la mairie du XIXe, place Armand-Carrel, purent entendre ses cris atroces. Ces hommes endurcis, parfaitement maîtres d'eux-mêmes en toutes circonstances, et qui s'efforçaient de faire preuve de la plus grande humanité lors de l'accomplissement de leurs missions, ne purent retenir leurs larmes.

Garry avertit par le circuit radio l'Hôtel de Ville de la gravité de la situation. Nos forces pouvaient remporter la victoire, mais le prix à payer serait un massacre qui ferait date dans les mémoires, annonça-t-il. La réponse fut sans appel. Les ordres, irrévocables, étaient de mener l'assaut jusqu'à son terme, coûte que coûte !

À quatorze heures trente GMT, un vaste mouvement de tenaille força les premières barricades tchétchènes, à l'est le long du canal de l'Ourcq, à l'ouest par les rues Fessart et Mouzaïa, pour asphyxier progressivement le camp retranché des Buttes-Chaumont. Le pilonnage d'artillerie dura plus d'une heure. Les grenades soufflantes s'abattirent en grappes compactes, après quoi CRS et escadrons motorisés s'en furent à la rencontre de l'ennemi. Terrible choc. Un nouveau nuage de gaz paralysants avait été répandu sur le secteur, hélas, l'orage redoubla sur tout l'est parisien. Les bourrasques emportèrent les gaz vers Bagnolet et Les Lilas, et la pluie en plaqua les dernières nappes au sol. De plus, les Tchétchènes possédaient quantité de masques équipés de capsules filtrantes, si bien qu'ils ne souffrirent quasiment pas de cette aspersion. Garry, soucieux de protéger ses hommes, ordonna un nouveau largage, mais les experts de la préfecture s'y opposèrent. Les gaz avaient un effet limité dans le temps et ne pouvaient être utilisés en trop grande quantité, au risque de voir l'assaillant pâtir de ses atteintes !

Les nôtres durent s'élancer sous une pluie battante le long du canal de l'Ourcq, l'arme au poing. J'assistai aux premiers corps à corps, aux côtés de Garry. Le Tchétchène est un guerrier farouche. Le spectacle fut poignant. Des cadavres des deux camps flottèrent bientôt dans les eaux noires du canal. À l'issue de trois heures de combat acharné, les Tchétchènes refluèrent en désordre le long de l'avenue Secrétan. Ce fut leur premier recul. D'autres suivirent. Ils lâchèrent un ou deux postes fortifiés dans le secteur Fessart-Alouettes à dix-huit heures, laissant nombre des leurs sur le carreau. Les abords de la rue de la Mouzaïa furent totalement nettoyés dans les minutes qui suivirent, grâce à la bravoure d'un commandant de section particulièrement hardi.

En fin d'après-midi, Garry, épuisé, les traits tirés, le visage noir de suie, s'adressa aux renforts qui patientaient l'arme au pied sous les piles du métro aérien. Dix bataillons de CRS qui ne demandaient qu'à en découdre. Le flanc est de la défense tchétchène était réduit. L'ennemi avait totalement abandonné les rives du canal, de Jaurès à la Villette. L'immeuble qui avait jadis abrité les locaux de la Sécurité sociale, rue de Flandre, était en cendres.

Il était temps de porter le coup de boutoir décisif. Garry lança toutes ses réserves. Cinq mille hommes s'avancèrent en chantant *La Marseillaise* par la rue de Meaux et l'avenue Secrétan pour accéder aux Buttes-Chaumont. Garry avait astucieusement dégarni le secteur ouest, Mouzaïa-Alouettes, laissant les Tchétchènes récupérer quelques-uns des points que nos forces avaient conquis, les amenant par là même à dégarnir leurs arrières. Le Tchétchène est farouche mais naïf. Garry sut tirer avantage de ce point faible.

À dix-neuf heures, les abords de la mairie du XIXe étaient libres d'accès. Des éléments motorisés, tenus en réserve rue David-d'Angers et rue Compans, s'y faufilèrent pour opérer la jonction avec les troupes à pied. Enfoncés à Botzaris, défaits rue du Plateau, les Tchétchènes refluèrent en masse à l'intérieur des Buttes-Chaumont. D'autres colonnes à chenillettes surgirent rue Pailleron, tandis que des hélicos de transport de troupes larguaient des commandos directement à l'intérieur des Buttes, sur la colline du Belvédère et le pont des Suicidés ! L'ennemi était dans la nasse. Restait à porter le coup fatal.

Pour les Tchétchènes, la débandade commença. Totalement encerclés, sans aucune voie de repli, ils se terrèrent dans les tranchées qu'ils avaient creusées, bosquet après bosquet. Il fallut les en extirper, mètre par mètre, alors que leurs femmes, leurs enfants et leurs vieillards, affolés, faisaient office de boucliers humains. Les tentes étaient en flammes. Les bêtes — moutons et chèvres — qu'ils élevaient au beau milieu du souk périrent carbonisées par centaines, ou noyées dans le lac.

Toujours près de Garry, qui n'avait pas quitté son PC, j'entendis nos commandants de bataillons faire état de leur position, heure par heure, tout au long de la nuit. Les combats les plus acharnés se déroulèrent peu avant l'aube, aux abords de la grotte, sous la cascade. Les Tchétchènes y avaient regroupé leurs éléments d'élite, et il fallut dynamiter l'édifice pour leur faire rendre gorge. Les derniers défenseurs de la place furent écrasés sous les décombres.

Au petit matin, je parcourus enfin le champ de bataille, en compagnie de mon maître. Le spectacle était impressionnant. Des détache-

ments sanitaires entassaient les corps des Tchétchènes dans des camions frigorifiques
spécialement réquisitionnés, pour les emporter
vers la Seine-Saint-Denis, loin de la capitale. Là-
bas, vers Aulnay ou La Courneuve, ils seraient
ensevelis dans des fosses communes creusées à
la pelleteuse, au beau milieu des cités des Trois
Mille, des Quatre Mille, afin que cela serve
d'exemple à la racaille qui aurait pu avoir envie
d'en découdre.

Du côté des forces de police, le bilan était
terrible. Plus de mille défenseurs de l'ordre
avaient péri. Garry avait les larmes aux yeux. Les
officiers qui l'entouraient, émus, lui firent un
rempart de leurs corps pour le dissimuler aux
journalistes de Paris Première qui venaient d'arriver et filmaient les décombres. À la suite
d'âpres négociations, la chaîne avait acheté
l'exclusivité des premières images de la bataille.

Je restais près de Garry, navré. J'aurais tant
voulu le réconforter, mais je savais bien qu'il ne
pouvait m'entendre. Certes, la bataille avait été
rude. Certes, nous avions à déplorer de lourdes
pertes... Mais Garry, cher Garry, si tu avais su
ce que j'ai enduré, ici même ! Si tu avais pu
simplement deviner ce que j'ai vu sur ces terres, ces collines où nous venions de combattre,
alors tu n'aurais pas pleuré ! Quelques milliers
de Tchétchènes massacrés ? La belle affaire !
Garry, mon ami, si tu avais su, tu n'aurais pas

versé une seule larme. Je ne t'en tiens pas rigueur. Il eût fallu pour cela que ta mémoire fût aussi lourde, aussi tourmentée de souvenirs que la mienne !

Son Excellence le général Vinoy, qui m'avait sauvé la mise lors des ultimes combats de la Commune, rue Ramponeau, aurait pu lui aussi te raconter... Après notre victoire, nous les Versaillais, nous rassemblâmes les cadavres des communards par milliers dans le parc des Buttes-Chaumont. Il fallut construire de grands brasiers pour les brûler. Une épouvantable odeur de charogne et de viande calcinée empuantit les hauteurs de la ville ! De longues rigoles de sang rougissaient le lac des Buttes ! Il fallait avoir le cœur bien accroché pour tenir le coup !

Des siècles durant, cher Garry, j'ai rôdé dans ces parages maudits. J'y suis né et ne m'en suis presque jamais éloigné depuis qu'Antonius, l'aide de camp de l'auguste César, m'avait détaché des miens. Tel fut mon destin. J'aurais pu te décrire, jusqu'au moindre détail, le gibet de Montfaucon, tout proche. En 1273, je servais un gentilhomme de la maréchaussée, quand Philippe le Hardi le fit édifier. On y voyait parfois jusqu'à cent cadavres y pourrir suspendus à leur corde. Des nuées de corbeaux, des meutes de loups rôdaient dans les parages. Mon maître et moi en assommâmes plus d'un, les nuits de pleine lune… La neige nous aveuglait durant l'hiver et, l'été venu, nous suffoquions, lors de nos chevauchées à travers cette contrée maléfique. Les vidangeurs venus des jolis quartiers de l'ouest déversaient leur répugnante cargaison dans ce cloaque à ciel ouvert.

Quelques siècles plus tard, après une longue période d'inactivité, je me trouvai au service d'une sorcière, une vieille folle qui avait établi ses quartiers dans une grotte des carrières d'Amérique. Désaffectées, elles servirent par la suite à l'édification du parc des Buttes-Chaumont sous le second Empire. Les carrières d'Amérique ! On y extrayait le gypse dans des goulots obscurs, à la pioche. L'endroit était lugubre à souhait. Les malandrins s'y donnaient rendez-vous pour négocier leurs nombreux trafics. On y surinait le quidam à tout va, en toute impunité. Recluse dans son antre, ma sorcière me faisait touiller son chaudron gavé d'élixirs nauséabonds. Malgré mon dégoût, je ne me défilai pas. Je n'ai jamais connu pire avanie ! Même quand je servais Nicolas, le Prince des Mendiants, à la cour des Miracles… j'ai dû alors tâter de l'écrouelle, et bien des lépreux m'ont donné le baiser !

Vois-tu, cher Garry, le secteur de la bataille lors de laquelle nous avons trouvé la mort fut, de toute éternité, marqué par la puanteur. Royaume des équarrisseurs, des boyaudiers, des brigands, des chiffonniers ! Terre rebelle, infâme, accueillante aux ennemis de l'ordre ! Mené par mes maîtres, je me suis souvent souillé au contact de l'immondice. Mais je n'ai jamais renâclé à la tâche ! J'y ai rossé du manant, du vilain, du bras-nu, du communard, du juif, de l'Arabe, du métèque… et du Tchétchène ! Les ordres étaient les ordres.

Au milieu de la matinée du 26 août, Garry donna une conférence de presse dans les salons de la mairie du XIXᵉ. J'étais tout près de lui, allongé sur la table encombrée de micros. À l'aide d'une carte d'état-major, il résuma le déroulement des affrontements. On salua son intervention par des applaudissements nourris. Nous partîmes ensuite effectuer une tournée des popotes.

Sur la place Armand-Carrel régnait un silence étonnant. Une foule considérable de Français de souche s'y était massée. Les visages étaient tendus. Ces braves gens attendaient qu'on leur donne enfin l'autorisation de visiter ces quartiers désormais débarrassés de leur plèbe cosmopolite. La soif de comprendre était grande. Le directeur d'un news magazine avait déjà lancé le projet d'une exposition pédagogique sur le thème « le Tchétchène et la France ». Il s'agissait de transformer le parc des Buttes-Chaumont en une sorte de lieu d'attraction, avec trains fantômes et autres gamineries, pour permettre aux jeunes générations de prendre conscience du danger…

Garry était fier du devoir accompli. La racaille était refoulée hors les murs ! Paris serait enfin réunifié, grâce au sacrifice consenti par les membres des forces de l'ordre qui avaient péri durant la bataille des Buttes-Chaumont. Garry contemplait la foule, marchait de long en large, serrait des mains. Il me tenait fermement, tout contre lui, me frottait contre sa jambe. J'aimais ce contact.

C'est alors que nous nous dirigions vers un hélico qui devait nous emporter vers la préfecture que l'irréparable se produisit. Un Tchétchène particulièrement fourbe, vêtu à l'occidentale, surgit soudainement d'une porte cochère, rue Meynadier, et lança un cocktail Molotov. Il explosa sur l'épaule de Garry. Les flammes nous enveloppèrent aussitôt. Je vis mon maître se tordre sous les brûlures. Sous le coup de la surprise, il m'avait jeté à terre, et, fou d'espoir, je roulai sur le trottoir en direction du caniveau. Le caniveau !

L'eau salvatrice ! Le salut était là ! La force d'inertie m'interdit toutefois d'y accéder. Il s'en fallut de peu. J'aurais pu y basculer. Avoir la vie sauve. L'eau aurait noyé mes nœuds, mes entailles, mon long corps rectiligne, à la manière d'un onguent. Elle aurait étouffé les flammèches qui rongeaient ma chair. J'étais sec, si sec, et depuis si longtemps... La sève de la jeunesse m'avait quitté. Sur ma tête, je sentis grésiller la lanière de cuir, mille fois raccommodée, qui me perçait les tempes de part en part et avait permis à mes nombreux maîtres, les uns après les autres, de m'empaumer convenablement. Ils me balançaient au bout de leur poignet avec négligence. D'aucuns remplacèrent ce cordon de cuir par une chaînette d'argent... Coquetterie ! En toutes circonstances, j'offrais un maniement si commode qu'il eût été absurde de ne pas m'adopter. Dès le premier coup d'œil, le néophyte dans l'art du maniement du bâton éprouvait un grand plaisir à se saisir de ma modeste personne et à me faire cingler l'air par quelque moulinet du bras. Si certains se montrèrent maladroits, d'autres firent preuve d'une rare dextérité.

Antonius, je te dois tout ! C'est bien grâce à toi que j'ai connu pareille carrière ! En 53 avant Jésus-Christ, ton glaive avait tranché dans le vif en s'abattant sur le chêne dont je n'étais qu'une modeste pousse. Tu élaguas mes quelques feuilles, me délestas des brindilles qui encombraient mon corps ; ces scories dont il fallait me débarrasser en vue de la tâche qui me serait désormais assignée. En quelques minutes, sous le regard amusé, presque condescendant des légionnaires de César, tu sus me façonner, noble

Antonius. Tu avais besoin d'une trique : les prisonniers gaulois renâclaient à la tâche... On prétend parfois que le cheval est la plus noble conquête de l'homme. Absurdité ! C'est à la trique qu'il doit l'essentiel de son confort. Grâce à elle, il lui est permis de rosser ses contemporains, de les humilier, de les contraindre à l'asservissement.

Après la mort d'Antonius, qui jamais ne m'abandonna, je passai quelques siècles à errer dans des postes de garnison de l'armée romaine. Puis je connus de multiples aventures, avant de réaliser pleinement ma vocation : devenir flic ! J'ai bravement secondé les défenseurs de l'ordre dès le début du XIIIe siècle, au service de la maréchaussée, affecté à la surveillance du gibet de Montfaucon. Depuis, sauf accident indépendant de ma volonté, je n'ai jamais failli. On m'a souvent mis au rancart, oublié, délaissé. J'ai ainsi croupi dans les caves de la Conciergerie, sous la Révolution, alors que j'aurais pu efficacement encourager les condamnés à la guillotine à grimper sur l'échafaud ! Je le confesse, c'est là mon plus grand regret. Oui, au fil des ans, j'ai connu les combles, envahis par la moisissure, de maints commissariats, les souterrains obscurs de maintes prisons, mais toujours, toujours, une main secourable s'est tendue vers moi pour faire appel à mes talents. Je n'ai jamais désespéré. Mon cher Garry, par sa générosité, est venu illuminer ma vieillesse en me permettant de participer à la dernière bataille de Belleville.

Garry ! Je gisais sur le bitume, déjà à demi consumé, alors qu'un de ses lieutenants tentait désespérément de le secourir. Il était trop tard. Garry mourut avant même qu'un CRS porteur d'un extincteur ne se fraie un chemin parmi la foule. Au moment où la vie le quittait, il tendit la main vers ce qu'il restait de moi, un peu de bois noirci, et étreignit ma dépouille dans un spasme ultime.

On m'ensevelit à ses côtés. Dans un caveau qui fut spécialement creusé sur le sommet des Buttes-Chaumont, là où se dressait le Belvédère détruit par les Tchétchènes. Un monument commémoratif fut érigé en souvenir de la bataille et des membres des forces de l'ordre qui y périrent. Si d'aventure vous passez par là, venez vous recueillir sur notre sépulture…

La vigie

Première publication in *Le Monde*, août 1996

1

La mort du caporal-chef

Feucherolles-les-Essarts était une de ces rares communes de France où l'on célébrait encore le 11-Novembre avec ferveur et dignité. Les maires des villages voisins, Heudrecourt-les-Loges, Vincheville, Sointre-sur-Vixe ou encore Chilloy, arrivaient en car et en grande pompe sur la place de Feucherolles vers les 10 heures, avec leurs adjoints, ceints de leur écharpe tricolore, la mine grave, l'œil humide. Le curé de Vincheville les rejoignait sitôt sa messe finie : c'était le seul prêtre encore opérationnel dans le canton, après la défection de ses collègues, réduits à l'inactivité pour cause de dépérissement général de la foi — aussi respectait-on son office. Après une *Marseillaise* en sourdine au clairon devant le monument aux morts érigé sur la place de Feucherolles — un bien beau monument qui représentait deux poilus endoloris couvés par un ange de sexe femelle aux seins lourds, aux ailes déployées, prêtes à l'envol, le tout agrémenté de quelques obus à l'ogive pointée vers le ciel, et reliés entre eux par une grosse chaîne de bronze délimitant l'enclos —, on écoutait le curé prononcer un *De profundis* précédé d'une homélie aux accents patriotiques.

Puis, la besogne accomplie, on allait boire un coup au comptoir de l'Épi d'Or, l'unique hôtel-restaurant du village, chez Vimeux, lui-même descendant d'un de ces braves tombés au champ d'honneur, dont on venait de célébrer la mémoire. Le blanc sec servi sur le zinc râpait les gosiers des participants à la cérémonie, tous anciens combattants des différents conflits qui suivirent la guerre de 14. Soldats de 39, d'Indo, appelés et rappelés d'Algérie, et même un tout jeunot de Chilloy, le Marcel, qui s'était porté volontaire pour la Bosnie. Il s'était fait rectifier la jambe droite aux avant-postes de Sarajevo et, depuis, traînait sa prothèse de bistrot en bistrot. La totale. Une petite communauté soudée par des souvenirs si douloureux à partager.

Jusqu'en 1995, le caporal-chef Laheurtière participa aux agapes sans coup férir, ancien parmi les anciens, doyen de la troupe, et tint ferme le drapeau bleu-blanc-rouge dans ses vieilles mains calleuses couvertes de taches de son, tandis que le clairon sonnait. Pour la circonstance, il revêtait l'uniforme que lui avait remis le fourrier du 56ᵉ régiment d'infanterie cantonné à Meaux — capote, vareuse bleu horizon, chemise et pantalon assorti, casque, bandes molletières et galoches — un frais matin d'avril de l'an 1915, le jour de ses dix-huit printemps. Il l'avait entretenu avec amour, lavé au savon de Marseille, protégé des mites et soigneusement brossé des décennies durant. Le caporal-chef Laheurtière, ça oui, dame, faudrait voir à voir, comme il disait souvent, n'aurait jamais manqué le rendez-vous annuel. Ni le coup de blanc sec qui suivait chez Vimeux. Sa présence devant le monument aux morts susci-tait une émotion particulière, un « plus », une manière de gratification dont ne pouvaient s'enorgueillir d'autres amicales de combattants des environs, aux effectifs décimés par le temps qui s'ingéniait, année après année, à pousser vers la tombe les acteurs des batailles passées. On chérissait le poilu Laheurtière avec une ten-dresse bourrue, et plus d'un des habitués du zinc de l'Épi d'Or possédait une de ses photo-graphies, dédicacée. Un portrait en pied, devant le monument de Feucherolles, un cliché pris lors de la célébration du cinquantenaire de l'Armistice, en 1968.

Le cabot-chef Laheurtière n'était pourtant pas natif de la région. Enfant, il avait grandi dans le Loiret, du côté de Montargis. Un coin tran-quille, que le Boche avait épargné. Son père était forgeron, et il commença à apprendre le métier à ses côtés, jusqu'à ce que la patrie en

danger ne fasse appel à lui. Et si André Laheurtière avait dédaigné son Gâtinais natal pour
venir s'établir à Feucherolles-les-Essarts au milieu des années 20, c'était précisément à cause
de la guerre de tranchées qui avait bouleversé
sa vie, saccagé sa jeunesse…

« Oh oui ! dame, ça a canardé sec, du côté de
par chez nous ! » se plaisait à répéter le cabot-
chef à chaque cérémonie du 11-Novembre.

Ce « par chez nous » désignait Feucherolles-
les-Essarts, son pays d'adoption, sa terre d'accueil, ces champs aux contours indécis, dévolus
à la culture de la betterave, où il avait tant souffert. Il en connaissait jusqu'à la moindre motte,
jusqu'au moindre talus, faisait preuve d'une
grande éloquence pour évoquer un petit bois
du côté de Sointre-sur-Vixe, sur lequel les Pruscos s'étaient acharnés à coups de mortier parce
qu'on y avait installé un hôpital de fortune,
saloperie de Boches ! Vous racontait encore
par le menu les méandres décrits par la Chauvre, un ruisseau maigrelet, aujourd'hui gorgé
de nitrates et de pesticides, mais où il allait, lui,
le cabot-chef Laheurtière, puiser un peu d'eau
pour faire cuire le rata durant l'offensive Nivelle
en 17 ! Les doigts gourds, les orteils gelés, la
goutte au nez, les rats accrochés à ses basques.
C'était ainsi. Du bout de sa canne, il vous désignait aussi un renfoncement, une boursouflure
du terrain, une hernie aberrante au regard des

lois de la géologie, due à un certain Roquois, capitaine du génie déchiqueté par les éclats d'un obus de 115 la veille de l'Armistice — paix à son âme — qui avait fait construire une cagna pour le repos du troupier. Là, à l'intersection des territoires respectifs des communes de Chilloy et de Vincheville. Juste là. Jolie casemate, savant entrelacs de boyaux de tranchées, chevaux de frise, sacs de sable, coupoles de béton, plaques de tôle, caillebotis, bâches goudronnées couvertes de moisissure dont les derniers lambeaux s'effilochaient comme des toiles d'araignée. Un vestige presque oublié, battu par les pluies et le vent, que les instituteurs du coin faisaient parfois visiter à leur classe. L'endroit était classé monument historique et, à ce titre, vaguement entretenu par les services compétents.

Oui, jusqu'en 1995, jamais, au grand jamais, le cabot-chef Laheurtière n'avait manqué la cérémonie du 11-Novembre. Aussi, ce jour-là, quand les habitués furent réunis devant l'église de Feucherolles, ils comprirent que quelque chose clochait. Laheurtière arrivait toujours le premier, et, à 11 heures, il n'était pas encore là ! Une petite délégation rongée par l'inquiétude traversa tout le village, d'est en ouest, pour se rendre chez le doyen des anciens combattants. Le bistrotier Vimeux marchait en tête.

Le cabot-chef avait acheté un terrain à la sortie de Feucherolles et s'était fait construire une maison au sommet d'un petit monticule entouré de bosquets, l'ancienne cote 812 sur les cartes d'état-major de la Grande Guerre. Ce choix ne devait rien au hasard. Du haut de sa colline, penché à sa fenêtre, Laheurtière passait des heures entières, été comme hiver, à scruter le paysage morose, faiblement vallonné, qui s'étendait en contrebas. Les cotes 813, 814, 815. Perdu dans ses souvenirs. Sans doute voyait-il s'y agiter des fantômes en uniforme, ses copains disparus, tout comme les Boches qui leur faisaient face, là dans le creux du vallon, quelques arpents de terre glaise que les gars de son régiment avaient surnommé le Trou du cul du Diable. Durant les pluies de l'hiver 1917, l'endroit prit des allures de gigantesque piscine de boue où s'abattaient les obus. Les artilleurs bavarois qui avaient installé leurs batteries derrière les bois de Vincheville connaissaient leur ouvrage. À chaque « marmite » qui explosait au sol, c'étaient cinq corps déchiquetés qui dispersaient leur chair alentour.

« Ce trou du cul chie la mort ! » s'esclaffait le colonel qui commandait le secteur en accueillant les nouvelles recrues.

À l'époque, Laheurtière était déjà un ancien. Et les anciens ricanaient en voyant l'épouvante envahir le regard des bleus ! Question d'habitude. Oui, c'était là, juste au-dessus, sur la colline de la cote 812, que le cabot-chef Laheurtière fit construire sa maison, en 1925. Les quelques blessures qu'il avait récoltées durant son séjour sous les drapeaux lui valurent, à son grand regret, d'échapper à la mobilisation de 39. Il gagna sa vie comme forgeron, le métier que son père lui avait enseigné et qu'il exerça jusqu'en 1962, date de son départ en retraite. Il s'était marié avec une employée des chemins de fer, Hortense Flocquart, de Sointre-sur-Vixe, quelque temps après son installation à Feucherolles, mais le ménage s'avéra bancal, et le cabot-chef se résigna à un célibat paisible.

Au milieu des années 70, cependant, les autorités départementales, préfectorales, ou encore régionales, bref les autorités, lui jouèrent un bien mauvais tour. Quelques technocrates étudièrent des cartes semblables à celles qu'affectionnaient les colonels et généraux de l'état-major du 56e d'infanterie plus de cinquante ans auparavant. L'un d'eux, le chef sans doute, se fendit d'un exposé sommaire mais rondement mené. Sur un *paperboard*, il traça quelques chiffres à l'aide d'un marqueur rouge. La conclusion était sans appel. La grande ville, proche d'une vingtaine de kilomètres, était engorgée, surpeuplée. Il fallait construire d'urgence une ZUP pour la soulager de son trop-plein d'humanité. Le terrain le plus approprié se situait entre Feucherolles et Vincheville. On allait y ériger une vingtaine de barres, disposées en quinconce, abritant chacune une centaine de logements. À raison de cinq ou six habitants par appartement, la ZUP de Feucherolles pourrait accueillir plus de dix mille âmes.

Le temps pressait. Aussitôt dit, aussitôt fait. Les bulldozers arrivèrent par la route de Chilloy la semaine de la Toussaint 1975 et se mirent au travail. Les cotes 813, 814, 815 furent prestement rabotées par les lames des excavatrices, éventrées par les pelleteuses, aplanies par les rouleaux compresseurs. Le béton se déversa par tonnes entières, comme jadis les obus teutons. En moins d'un an, le Trou du cul du Diable devint méconnaissable. Seule la cote 812, la colline au sommet de laquelle se dressait la maison du cabot-chef Laheurtière, fut épargnée. Non point par souci de respect des lieux, mais tout simplement parce qu'elle n'avait pas été encerclée au marqueur rouge sur le *paperboard*. Étourderie de technocrate ? Allez savoir ! Le cabot-chef Laheurtière écarquillait les yeux chaque fois qu'il se penchait à sa fenêtre. Il n'en revenait pas. Les engins mécaniques qui fouillaient la terre mirent au jour des débris divers, ossements, rebuts métalliques, planches mystérieusement préservées de la putréfaction et qui avaient servi aux fortifications des tranchées, débris aussitôt évacués par la noria de camions-bennes qui effectuèrent des centaines d'allées et venues jusqu'à la décharge de Sointre-sur-Vixe, une ancienne carrière à gypse où venaient s'entasser les ordures de tout le canton. Laheurtière en avait les larmes aux yeux. Il vit les immeubles se dresser peu à peu, les maçons s'activer, puis les plombiers, les carreleurs, les électriciens achever le boulot.

Un an après, la ZUP fut inaugurée. Accolée au vieux village de Feucherolles. Une sœur cadette aux allures étranges. Une ville infirme, sans rues, sans église, sans boucher, ni boulanger, ni charcutier, mais pourvue d'un petit centre commercial moderne avec guirlandes électriques, musique d'ambiance, animation publicitaire, et même un manège pour les gosses. Un autre monde. Des images que les vieux Feucherollois n'avaient vues qu'à la télé. Entre la ZUP et le village, on décréta d'emblée l'armistice, avant même que les hostilités n'éclatent. Ce ne fut guère difficile. À Feucherolles, la vie continua comme auparavant : les gens travaillaient dans les fermes ou à la sucrerie, un grand bâtiment de briques rouges affublé d'une cheminée aux dimensions imposantes, sur la route de Sointre-sur-Vixe. Après la récolte des betteraves, l'air s'emplissait d'effluves poisseux, un peu incommodants pour qui n'y était pas habitué. Chassés par le vent du nord, ils venaient chatouiller les fenêtres de la ZUP. Une nuisance, impossible d'affirmer le contraire, certes, mais le moyen de faire autrement ? Les locataires des barres, quant à eux, ne traversaient que rarement le vieux village. On leur avait aménagé une ligne de bus qui les conduisait jusqu'à la ville, où ils passaient leur journée dans les deux ou trois grosses usines de métallurgie qui de tout temps avaient fourni du travail aux gens de la région. Les autocars filaient droit au nord, vers Vincheville, tournaient à gauche au grand carrefour d'Heudrecourt-les-Loges et disparaissaient dans le brouillard. Quand ils revenaient, le soir, il faisait déjà nuit.

Dix ans plus tard, en 1985, quand les usines de métallurgie fermèrent leurs portes, ceux de la ZUP se retrouvèrent les bras ballants, condamnés à ne rien faire, tandis que les Feucherollois de souche poursuivaient imperturbablement leur besogne, courbés au cul des vaches ou à la traîne des machines qui extrayaient la betterave avant de lui faire rendre son jus. À chacun son sort. Et, du haut de son promontoire, jour après jour, Laheurtière se contentait de vieillir inexorablement, avec pour seule occupation d'observer ses contemporains se coltiner les difficultés de l'existence… jusqu'au matin du 11 novembre 1995 !

« Ah oui ! Dame, ça c'est pas normal qu'y soye pas v'nu ! » ne cessait de bougonner Vimeux, le patron de l'Épi d'Or, tout en marchant vers la colline où se dressait la maison du cabot-chef.

Sa qualité de bistrotier, chargé de régaler l'assistance après la cérémonie au monument aux morts, l'avait tout naturellement désigné pour prendre la tête de la petite escouade des impatients. En chemin, les anciens combattants croisèrent quelques gamins de la ZUP qui traînaient dans la grand-rue du village, comme aventurés en terre inconnue, le walkman vissé sur la tête, zigzaguant sur leur skate pour éviter les bouses de vache qui parsemaient la chaussée. Il arrivait parfois qu'ils désertent le centre commercial pour se risquer dans les rues du vieux Feucherolles. Emmenée par Vimeux, la délégation ne tarda pas à escalader la volée de marches taillées dans la craie et recouvertes de ciment qui permettait d'accéder à la maison de Laheurtière, tout en haut de la butte…

Vimeux le découvrit le premier, dans le jardin, assis dans un fauteuil d'osier tressé. Le poilu vénéré avait revêtu son uniforme, coiffé son casque, ceint ses bandes molletières, chaussé ses croquenots, astiqué les boutons de sa capote, lustré son baudrier, comme tous les ans. Mais la voix chevrotante qui beuglait ses « garde-à-vous, fixe ! » devant le monument aux morts de Feucherolles à chaque célébration du 11-Novembre ne galvaniserait plus jamais la digne assemblée. Ses yeux grands ouverts fixaient les ex-cotes 813, 814, 815, l'ancien Trou du cul du Diable, l'actuelle ZUP.

« Bon Dieu ! l'est raide comme un coup de trique, ça doit faire au moins d'puis hier au soir qu'il a passé ! » balbutia Vimeux.

Bouleversés par leur découverte, Vimeux et ses copains, des lascars qui n'en étaient pas à leur première corvée de ce genre, réagirent en frères d'armes. Tous, ils avaient vu des gars rectifiés sur le champ de bataille, des corps mutilés, des vies fauchées en pleine maturité, la charogne pourrissante dans lá jungle viet ou les cadavres aux couilles tranchées, enfoncées dans la bouche, quelque part dans les Aurès. Aussi, d'un commun accord, sans éprouver le besoin de se concerter, ils se saisirent de Laheurtière pour le porter à l'intérieur de sa maison. Ce fut le Marcel, le jeunot de Chilloy, celui qui avait connu le feu en Bosnie et en conservait les souvenirs les plus frais, qui dirigea la manœuvre. À tout seigneur tout honneur. Du jardin au portail, puis jusqu'au lit, le Marcel lança ses ordres. Droite, gauche ! droite, gauche ! Le hic, c'est que la mort avait saisi le cabot-chef assis, genoux fléchis, coudes idem. La rigidité cadavérique l'avait figé dans cette position, si bien que, une fois le corps couché, il fallut exercer de fortes tractions sur ses membres pour leur donner la rectitude souhaitable en de telles circonstances. Les présents durent suer sang et eau pour y parvenir. Quand le travail fut achevé, tous saluèrent militairement le gisant. Il ne restait plus qu'à prévenir le médecin, les pompes funèbres...

C'est alors que Vimeux remarqua une enveloppe posée sur la table de la salle à manger, une enveloppe ornée d'un liseré bleu-blanc-rouge, à en-tête du ministère des Anciens Combattants. Après un bref coup d'œil adressé à ses pairs pour recueillir leur assentiment, il lut le courrier qu'elle contenait. Le ministre en personne venait de décorer le caporal-chef Laheurtière de l'ordre de la Légion d'honneur !

« Les vaches ! murmura-t-il, y z'ont attendu soixante-dix-sept ans ! »

Le médecin arriva quelques minutes plus tard, et hocha la tête après avoir inspecté le corps. Laheurtière avait sans nul doute succombé à une crise cardiaque, voire une rupture d'anévrisme. L'émotion. La fierté qu'il éprouvait à annoncer que la patrie avait enfin reconnu en lui un des meilleurs de ses fils, un brave parmi les braves, eut raison de ses artères fragilisées par le temps. Toute la journée, la nuit suivante et encore le lendemain, les Feucherollois de souche vinrent s'incliner devant sa dépouille.

On le mit en terre le 13 novembre au matin, et ce fut le 14, un mardi, que l'hécatombe eut lieu au Trou du cul du Diable. À 7 heures, au moment même où le curé de Vincheville sonnait l'angélus. Le vent du nord qui soufflait en droite ligne sur Feucherolles à travers la plaine emporta l'écho de la cloche, qui se perdit aussitôt dans le vacarme des explosions, des détonations, des hurlements.

2

Le syndrome de Feucherolles

Dans les semaines qui suivirent, des rumeurs toutes plus folles les unes que les autres s'emparèrent de Feucherolles-les-Essarts, le vieux village tout comme la jeune ZUP. On parla de malédiction, d'envoûtement, d'autres bêtises encore, avec, pour les plus cartésiens, malgré tout, un petit doute persistant.

« Moi, j'dis qu'y a pas de hasard ! maugréait Vimeux en astiquant son comptoir. C'est quelqu'un qu'a jeté un sort ! »

Devant ses clients incrédules, il évoquait à voix basse la présence de marabouts, de sorciers, dans les bâtiments de la ZUP. Vingt morts d'un seul coup, à la même heure, il y avait bien une explication... Des équipes de journalistes débarquèrent en grand nombre, sillonnèrent la ZUP en tous sens, escaladant les cages d'escalier, dont certaines empestaient l'urine et pis encore, tendirent leurs micros à de jeunes beurs ravis de parader devant une caméra. Il y

eut même un livre fort savant, signé par un philosophe de renom, intitulé *Le Syndrome de Feucherolles-les-Essarts*, qui parut au mois de janvier
et connut aussitôt une carrière de best-seller !
Le sigle fit florès : SFE ! Dès qu'un quartier sensible, à Marseille, Reims ou Tourcoing, connaissait un regain de tension, on évoquait le fameux
SFE et ses menaces ! Vingt morts en moins de
cinq minutes. Vingt morts atroces, simultanées,
vingt morts qui peut-être en appelaient d'autres :
une promesse d'apocalypse, un simple acompte
perçu par on ne sait trop quelle force maléfique.
Mais l'opinion, mise en émoi par des drames
exotiques d'une autre ampleur, où l'on comptait les cadavres par dizaines, voire centaines de
milliers, oublia bien vite Feucherolles.

Personne ne sut toute la vérité, puisque le
commissaire de police responsable du secteur,
profondément troublé par ce qu'il apprit, dis-
simula ce qu'il fallait bien appeler des pièces à
conviction et les détruisit avec l'accord du substitut du procureur chargé de couvrir l'ensemble
des affaires. Ils mirent le maire de Feucherolles, Sénéchal, dans la confidence. Tous trois
parcoururent les lettres, une à une, en secouant
la tête, navrés. Des lettres découvertes chez les
victimes après l'hécatombe du 14 novembre.
Certaines étaient chiffonnées, d'autres carré-

ment déchirées. Ils durent les reconstituer par collage après en avoir trié les fragments.

Ils se sentaient un peu responsables.

« Bon Dieu ! si on avait su… murmura Vignot, le commissaire.

— Nous… enfin, *vous* saviez ! rétorqua sèchement le substitut Dampierre. Pour un des cas, au moins ! Je veux parler de Séverine Humbert ! »

Vignot se rembrunit. Le substitut venait de faire allusion à ce courrier parvenu au commissariat le 2 novembre. Un courrier accusant de pratiques plus que douteuses le brigadier Gilletin, placé sous ses ordres. Vignot n'en avait pas tenu compte.

« J'ai cru qu'il s'agissait d'un ragot, plaida-t-il. La vieillesse, n'est-ce pas… »

Une semaine plus tard, pourtant, le substitut Dampierre reçut une copie de ce courrier. Suivant les conseils de Vignot, qui assurait avoir durement sermonné le brigadier Gilletin, le substitut se décida à détruire la lettre.

« Nous savions pour un des cas, avec quelque certitude, mais pour le reste… reprit Vignot.

— Thibaudat, je veux dire les bombages ! insista le substitut.

— La belle affaire, ricana Vignot, sur dix mille habitants dans la ZUP, il y a forcément quelques excités. S'il fallait déclencher l'alerte rouge à chaque pet de travers, on n'en sortirait pas !

— Messieurs, messieurs, je vous en prie, calmons-nous ! s'écria Sénéchal. Nous sommes tous trois chargés de la sécurité, de la paix civile à Feucherolles, moi en tant que premier magistrat de la ville, et vous en tant que représentants de la police et de la justice. Alors, de grâce, ne nous chamaillons pas ! Nous avons joué de malchance, voilà tout ! J'en avais parlé à ma femme, je sentais bien qu'il allait se passer quelque chose. Un pressentiment... »

Ils disaient vrai, ils auraient dû plus sérieusement se préoccuper des signes annonciateurs de la catastrophe. La ZUP n'avait pas la réputation d'un secteur tranquille, même si l'on n'y avait jamais assisté au folklore qui ponctue la vie d'autres quartiers semblables. À Feucherolles, il n'y avait jamais eu de rodéos de voitures volées, d'incendies de caves, de bagarres de bandes rivales. Néanmoins, durant tout le mois d'octobre, puis dans les premiers jours de novembre, les patrouilles de police firent état d'une nervosité impalpable, d'un climat électrique. Une injure un peu corsée à l'encontre d'un îlotier, une alerte à la bombe au collège — une fausse alerte, mais tout de même —, une recrudescence des appels de nuit des médecins, centralisés par le commissariat, une floraison soudaine de bombages pseudo-intégristes sur les murs du centre commercial... Sans oublier une grève surprise des employés du bureau de poste, épuisés de faire face aux RMistes, fort nombreux dans la ZUP, qui venaient à longueur de journée réclamer des retraits de cinq francs — oui, cinq... — sur leur CCP. Les postiers avaient du vague à l'âme et, faute de pouvoir éradiquer les RMistes, ils réclamaient à cor et à cri les travaux de réfection de leurs locaux, promis depuis belle lurette. Avec quelques plantes vertes et des murs repeints de couleur pimpante, la misère deviendrait plus supportable, du moins le pensaient-ils. Ils obtinrent gain de cause.

Tous ces menus incidents pouvaient passer pour de la broutille. Mais ce calme apparent, trompeur, pernicieux, servit de prodrome au déchaînement de la violence, comme on le sait. La distorsion entre l'insignifiance première des symptômes et la gravité fatale de la maladie permettait d'établir avec certitude le diagnostic du fameux SFE. À bon entendeur, salut ! avait prévenu le philosophe.

L'orage passé, abasourdis, Sénéchal et le substitut Dampierre contemplèrent donc les mains du commissaire Vignot qui brûlait les lettres. Des lettres à l'écriture fine, très serrée, riche de pleins et de déliés, tracée à l'aide d'une plume. Sans aucune faute d'orthographe. Liasse après liasse, Vignot les jeta dans la cheminée qui ornait son bureau. Un bien joli bureau. On avait installé le commissariat dans un ancien corps de ferme racheté par la municipalité, à la jonction du vieux Feucherolles et de la ZUP. Vignot saisit un tisonnier et écrasa méthodiquement le tas de cendres.

« Voilà, conclut Sénéchal, comme ça, personne ne saura ! — Espérons-le... », murmura Dampierre, lugubre.

Ils croyaient sincèrement avoir verrouillé le secret. Ils se trompaient. Si le bistrotier Vimeux, ou le jeune Marcel, de Chilloy, qui le matin du 11 novembre furent les premiers à approcher la dépouille du cabot-chef Laheurtière, assis sur son fauteuil d'osier, avaient prêté attention à ce qui les entourait, ils auraient remarqué la présence d'une paire de jumelles tombées aux pieds du poilu. Une paire de jumelles dont il leur avait déjà parlé. Un modèle boche, des Zeiss, du matériel très performant, confisqué à un officier bavarois durant l'offensive finale, à l'automne 18. Le cabot-chef ne s'en était jamais séparé. Depuis plus de cinquante ans, il battait la campagne, rapportant dans sa musette des cartouches, des éclats d'obus, des fragments de casque, des douilles, autant de rebuts que la terre n'en finissait plus de dégorger, et qu'il passait à la Javel, brossait au tampon Jex, étiquetait minutieusement avant de les ranger avec soin sur les étagères des petites vitrines qui encombraient les murs de son logis. Il courait les brocantes des environs pour y acquérir des parements d'uniformes d'officiers pruscos, des sabres, des baïonnettes, des ceinturons gravés du fameux *Gott mit uns*, des képis, des casques à pointe, sans oublier des cartes postales d'époque, qui emplissaient de pleins cartons. La « cagna du cabot-chef », comme disaient les initiés, ressemblait à un véritable petit musée privé. Alors, une paire de jumelles de plus ou de moins… C'est qu'il en possédait une bonne vingtaine, le bougre : des françaises, des américaines, des britanniques !

Bref, le funeste matin du 11 novembre 1995, ni Vimeux ni le Marcel, de Chilloy, ne prêtèrent attention aux Zeiss tombées à terre dans le tapis de feuilles mortes. Submergés par le chagrin, ils piétinèrent tant et si bien la terre autour du cadavre de Laheurtière que l'un d'eux, d'un coup de talon, fit chuter les fameuses lunettes dans les taillis qui garnissaient les fossés de la cote 812. Emportées par leur poids, les jumelles roulèrent sur elles-mêmes pour aller se perdre dans les orties, la friche, qui prospéraient en contrebas. De telle sorte que, quelques jours plus tard, le commissaire Vignot, parti à leur recherche, les retrouva sans trop d'efforts et les enfouit au fond des poches de son imperméable malgré leur taille imposante.

Sénéchal, en accord avec le commissaire, dépêcha une petite escouade d'employés municipaux qui se chargèrent de déménager le « musée » Laheurtière. Le poilu n'avait plus de famille, aucun descendant, aussi l'opération ne posa-t-elle aucun problème. Sénéchal expliqua à ses administrés que peut-être, un jour, la municipalité ouvrirait une petite salle d'exposition publique dans une annexe de la mairie. Son geste n'avait d'autre but que de préserver le maigre trésor du poilu de la convoitise des pillards. Ce prétexte permit à Sénéchal et à Vignot de procéder à une revue de détail très poussée de la bimbeloterie accumulée par Laheurtière. Ils vidèrent les cartons de cartes postales, inquiets d'y trouver des documents compromettants, mais firent chou blanc. Quant à la maison elle-même, ils l'inspectèrent en catimini, de fond en comble, sans rencontrer plus de succès. Laissée à l'abandon, elle ne tarda pas à se dégrader.

3

Secrets postaux

Le Marcel, de Chilloy, était un gars qui n'avait jamais eu de chance. À l'école, le moins que l'on puisse dire, c'est qu'il ne s'était pas signalé par sa sagacité ou ses capacités d'analyse. Ses parents cultivateurs l'avaient eu sur le tard et, fatigués, le laissèrent agir à sa guise durant son adolescence. À la sortie du LEP, section carrosserie, il ne trouva pas de travail. Il patienta en attendant son incorporation sous les drapeaux, puis le grand jour arriva. Il partit faire ses classes en Allemagne, dans un régiment de blindés, du côté de Karlsruhe. Il se plaisait bien à l'armée, s'y sentait à l'aise, en sécurité. Quand on demanda des volontaires pour la Bosnie, il posa sa candidature. Il partit donc pour Sarajevo, où un obus serbe lui arracha la jambe droite. De retour à Chilloy, fin 94, il recommença à traîner son ennui. Au début, le récit de « sa » guerre lui valut quelques succès dans les bistrots, mais l'auditoire se fatigua vite. Même les demoiselles

assez délurées qui s'asseyaient sur les hauts
tabourets du Devil's Bar, à Heudrecourt-les-
Loges, le premier samedi soir de chaque mois,
étaient lasses de sa ritournelle. Le Marcel arpen-
tait les rues de Chilloy, la tête pleine d'amertume, la clope au bec, se donnant des allures
de baroudeur, sanglé dans un battle-dress taché
de cambouis. Il glanait quelques sous par-ci par-
là à retaper de vieilles bagnoles, des tondeuses
à gazon, des moteurs de tracteur, un talent
acquis sous l'uniforme. Tout ça au noir. La
pension octroyée par l'armée ne lui permettait
pas de vivre de ses rentes. Surtout qu'à présent
sa mère était morte ; quant à son père impo-
tent, placé à l'hospice d'Heudrecourt à la suite
d'une attaque cérébrale, il ne pouvait plus lui
être d'aucun soutien.

C'est en feuilletant le numéro de février 1996
de *Feucherolles Boum-Boum* — le petit journal
d'annonces gratuit distribué jusqu'à Sointre-
sur-Vixe et même Inqueux-le-Hortois, à l'extrême limite du département — qu'il se prit à
espérer. Il n'y avait aucun doute, c'était écrit,
imprimé. Deux lignes en caractères gras, coin-
cées entre une pub pour le Center Cuir Salon
de Vincheville et les horaires des messes domi-
nicales dans le canton. Un avis en bonne et due
forme selon lequel le bureau de poste de Feucherolles proposait un CDD de six mois au tri
du courrier. Le sang du Marcel ne fit qu'un

tour. Il abandonna son battle-dress, enfila une chemise propre, passa son veston du dimanche, cracha un coup sur ses godasses, les astiqua d'un revers de manche, enfourcha sa Mobylette et parcourut les six kilomètres qui séparent Chilloy de Feucherolles en moins de cinq minutes, la poignée dans le coin. Pour se donner du courage, il avala cul sec trois verres de blanc au comptoir de chez Vimeux et alla sonner à la porte de la mairie.

Le Marcel n'avait jamais manifesté de dons particuliers pour les joutes oratoires, mais Sénéchal saisit aussitôt qu'il valait mieux ne pas le contrarier. Le cadet de l'Amicale des anciens combattants fit état de son sacrifice, de sa jambe perdue sur le front bosniaque, et menaça de foutre un sacré bordel si jamais on ne lui accordait pas le nom de Dieu de CDD à cette putain de poste ! Sénéchal le rassura comme il put et, dès qu'il eut quitté son bureau, décrocha son téléphone pour appeler le sous-préfet. Lequel joignit la direction départementale des PTT. Le 5 février 1996, le Marcel reçut un recommandé l'invitant à se présenter d'urgence rue de la Liberté, au bureau de poste situé en plein cœur de la ZUP...

Le Marcel n'était pas un rêveur. Il ne s'attendait pas à vivre une folle aventure au tri du courrier de Feucherolles. Et à vrai dire, malgré ses dénégations, il était vacciné contre toutes

les aventures, après ce qu'il avait subi à Sarajevo. Les journées entières à se terrer dans son
abri tandis que les canons serbes déversaient
leurs obus sur la ville. Les petits matins de veille
interminables, les mains crispées sur la crosse
de son fusil d'assaut. Les escortes de civils, le
long de Sniper Avenue, ces va-et-vient incessants,
à serrer les fesses en espérant qu'une balle de
kalachnikov ne percerait pas son gilet pare-
balles ou son casque bleu. Les nuits d'hiver à se
geler les arpions en attendant la relève devant
le bunker couvert de neige… Depuis son retour
de Bosnie, il ne louait plus de films de guerre
au stand vidéo du centre commercial de Feucherolles, seulement des pornos. Il avait tout
pigé, le Marcel.

Il s'accommoda donc fort bien de son boulot. Des employées en blouse bleue apportaient
des sacs remplis de lettres, et il les dispersait
dans des casiers prévus à cet effet. Huit heures
de rang, avec une pause de quarante-cinq minutes pour le repas. Six semaines après sa prise
de fonctions, on réaménagea le local dans lequel ils travaillaient, lui et la quinzaine de collègues chargés du tri. Il fallut déplacer les casiers,
leur donner un alignement plus rationnel, en
envoyer certains, trop vermoulus, à la casse. Et
c'est au cours de ces travaux que le destin du
Marcel bascula.

Alors que tous les autres postiers étaient par-

tis déjeuner au self, il resta seul, avec un sandwich et une canette de bière, ce qui lui arrivait
souvent. Il se sentait vieux, différent, n'avait
pas grand-chose à dire aux jeunes gens qu'il
côtoyait. Tout en mâchonnant son jambon-
beurre, il laissa son regard errer aux quatre
coins de la pièce. Les murs étaient tapissés de
cartes postales que les collègues expédiaient de
vacances. Cent fois déjà, il avait contemplé les
mêmes couchers de soleil sur la Côte d'Azur,
les vaches ruminant sur le plateau de l'Aubrac
ou le terrain de camping cévenol auquel était
abonné le chef de service. Le Marcel poussa un
soupir et préféra regarder le bout de ses chaussures, les papiers qui voletaient à ras du sol.
Puis un cafard égaré qui cherchait la direction
de la cantine et zigzagua jusqu'au pied d'un
des casiers de tri qu'on devait déplacer l'après-
midi. Entre le mur et le socle du casier, le Marcel aperçut un petit paquet de lettres oubliées,
couvertes de poussière. Elles étaient sans doute
tombées à la suite d'une fausse manœuvre,
quelques jours... ou cinq ans auparavant. Passées inaperçues, puisqu'un autre casier, contigu
au premier et mis au rebut le matin même, les
avait jusqu'alors masquées. Le Marcel posa son
sandwich et s'empara du paquet, qu'il enfouit
aussitôt dans une des poches intérieures de son
battle-dress. Le geste n'était pas gratuit. À Feucherolles, il arrivait souvent que certains habi-

tants de la ZUP répugnent à payer les frais d'un mandat et glissent directement dans une enveloppe quelques billets destinés aux cousins restés au pays, quelque part du côté du fleuve Sénégal ou de la Médina. Il existait une machine capable de détecter ces billets clandestins, mais on n'avait raisonnablement pas le temps de passer tout le courrier à la question. Le chef de service effectuait quelques sondages, au hasard. Si tel était le cas, si l'une des enveloppes recelait bien un mandat de contrebande, alors, avec un peu de chance, le Marcel allait s'octroyer une petite prime, en douce !

Il fut déçu. Une fois rentré à Chilloy, il déposa son butin sur la table de la salle à manger, bien à plat, et s'intéressa tout d'abord aux lettres expédiées vers l'Afrique et le Maghreb, une vingtaine au total. Aucune ne contenait d'argent. Elles avaient été oblitérées le 10 novembre 1995, « le cachet de la poste faisant foi ». Restaient cinq autres enveloppes provenant toutes du même expéditeur, à en juger d'après l'écriture. Datées du 10 novembre, elles aussi. Cinq enveloppes qui, curieusement, portaient des adresses situées dans la ZUP de Feucherolles. Les 10, 12, 15, rue de la République, et les 3 et 7, rue des Acacias. Les deux rues faisaient plus que se toucher, elles étaient en fait en continuité l'une de l'autre, séparées par un feu rouge. Il s'agissait tout simplement des deux premières barres HLM construites à proximité du vieux village. Elles n'avaient de rue que le nom...

« Ah ben ! ça alors, c'est drôle ! marmonna le Marcel. C'est juste en face de là où créchait Laheurtière ! »

N'ayant lui-même jamais aimé écrire, il pensa aussitôt que l'auteur de ces lettres aurait pu directement rendre visite à des correspondants si proches, au lieu de s'user la santé à noircir tant de papier ! Il retourna longuement la première enveloppe entre ses mains. Elle était adressée à Séverine Humbert, 10, rue de la République. Il se souvenait de ce nom. Et du visage souriant de la jeune femme, en première page des journaux, après l'hécatombe du 14 novembre. De celui de sa fille, la petite Agnès. Et de ce salaud de Gilletin, brigadier-chef au commissariat. Tous trois furent les acteurs malheureux de ce que les intellectuels, là-bas, à Paris, désignaient sous le vocable abscons de « syndrome de Feucherolles-les-Essarts ». Les premières victimes, à 7 heures. Soixante secondes plus tard, à 7 h 1, ce fut le tour de Fabrice Georget et du gamin, Moktar Lakdaoui.

Les mains du Marcel se mirent à trembler. L'enveloppe qu'il étudiait à présent était précisément destinée à Fabrice Georget, 12, rue de la République. Le Marcel se frotta les yeux, incrédule. Il crut que sa mémoire lui jouait un mauvais tour ; que, dans sa tête, les histoires s'embrouillaient. Il n'était certes pas très très malin, mais, de ce côté-là au moins, il n'avait pas à se plaindre. Il se souvenait toujours de mille petits détails que d'autres auraient oubliés, ce qui lui avait été fort utile à Sarajevo, quand il devait s'orienter dans le dédale des ruines, lors des patrouilles.

Pour en avoir le cœur net, il ouvrit le tiroir de la table et en sortit le copieux dossier qu'il y avait rangé. La tuerie du 14 novembre avait frappé bien des esprits, mais le Marcel ne s'était pas contenté d'aller rôder autour des flics et des ambulanciers qui évacuaient les corps déchiquetés, mutilés, écrasés, ou de suivre les informations au JT de 20 heures. Il acheta quantité de journaux et de magazines qui décrivaient le syndrome. Il découpa même dans un vieux dictionnaire la définition de ce mot, qui l'intriguait : *N. m. (du gr.* sundromé, *concours). — Ensemble des symptômes qui caractérisent une maladie.* Ce mot ne faisait pas que l'intriguer, il l'inquiétait, le gavait d'angoisse. Si les philosophes, qui savent de quoi ils parlent, employaient un tel vocabulaire, alors c'était qu'une saloperie couvait à Feucherolles, un fléau qui rendait les gens dingues. Mais pourquoi donc juste à Feucherolles ? Et pas à Chilloy, par exemple ?

« Et si c'était dans la terre, comme le tétanos ? » risqua Vimeux sur le zinc de l'Épi d'Or, au cours d'une de leurs discussions.

Pas si con. Pour le tétanos, ça, il le savait, le Marcel, que c'était dans la terre que la bestiole se planquait, c'est pour ça qu'il fallait faire une piqûre quand on se blessait... Mais non, il divaguait à plein tube, Vimeux ! De Feucherolles à Chilloy, c'était de la bonne terre, personne n'avait jamais été malade. Du côté de Sointre, avec la décharge à ciel ouvert, ça, il aurait peut-être fallu regarder de plus près. Et puis, si on allait par là, si on parlait contagion, des morts, il y en aurait déjà eu des tas d'autres ! Or, depuis le 14 novembre, jamais la ZUP n'avait été si tranquille.

« Faut voir, attendre... s'entêta Vimeux. Quand t'as chopé la chtouille, au début tu l'sais pas, tu continues à pisser peinard, c'est pas tout de suite que ça te la brûle !

— Oh, ta gueule ! bougonnèrent tous les gars agrippés au comptoir. Tu vas finir par nous porter la poisse ! »

Bref, le Marcel avait fouillé la question. Il déplia les coupures de journaux qu'il s'était donné la peine de classer. Il revit les visages de Séverine Humbert, de sa fille Agnès, du brigadier Gilletin, du prof de français Fabrice Georget et de Moktar Lakdaoui. Puis celui de ce pauvre Dramont. Celui-là, il lui avait vraiment fait de la peine. C'était un brave type, Maurice.

Le Marcel lui avait réparé sa voiture à plusieurs reprises. Une bagnole à bout de souffle. En venant récupérer son tacot, à chaque fois, Dramont lui parlait de ses soucis, de ses quatre mômes et de sa femme qui commençaient à le considérer comme un moins que rien. Il avait pris la gérance d'une boutique au centre commercial, un an plus tôt. Une boutique de cordonnerie, de reproduction de clés, qui ne marchait pas fort. Il avait dû céder le bail à un autre aventurier qui rêvait d'installer une teinturerie.

« Enfin, hein ! on se plaint, on se plaint, mais c'est pas Sarajevo ! » lançait toujours Dramont avec un curieux sourire, très triste, avant de partir.

Chez Dramont, c'est à 7 h 4 que les coups de feu retentirent, le 14 novembre. La troisième enveloppe était adressée à Maurice Dramont, 15, rue de la République… Le Marcel sentit une sueur glacée envahir son front, ses reins. L'écriture ! Cette écriture fine et précise, riche de pleins et de déliés, tracée à l'aide d'une plume, il la reconnaissait à présent. Au premier coup d'œil, une impression étrange l'avait envahi. Il se retourna lentement et se mit à fixer la photographie qui ornait le buffet. Le portrait en pied du caporal-chef Laheurtière en uniforme de poilu, que tous les anciens combattants du canton possédaient. Accompagné de sa dédicace.

À mon ami, mon camarade, mon frère d'armes, Marcel, de Chilloy. Vive la patrie ! Caporal-chef Laheurtière, 56ᵉ régiment d'infanterie.

C'était la même calligraphie soignée, inimitable, avec cette curieuse propension à amplifier la barre des « t », à amincir exagérément les « o ». Une écriture de dans le temps, quand on apprenait avec une plume Sergent-Major trempée dans l'encrier et un papier buvard pour sécher sa page de cahier. Le 10 novembre, la veille de sa mort, le cabot-chef Laheurtière avait donc écrit à Séverine Humbert, au prof de français Fabrice Georget, au chômeur Maurice Dramont.

Les larmes aux yeux, le Marcel poursuivit. L'enveloppe suivante était destinée au docteur Philipeau, dont le cabinet était situé au septième étage du 3, rue des Acacias. Pas beau à voir, le docteur Philipeau, quand il atterrit au rez-de-chaussée à 7 h 5, le 14 novembre. La dernière lettre, Laheurtière l'avait envoyée à Sylvain Thibaudat, 6, rue des Acacias. Le Marcel connaissait bien Thibaudat. Ils étaient à l'école ensemble et avaient même fait leur première communion à l'église d'Heudrecourt-les-Loges. En ce temps-là, il y avait encore un curé, là-bas. Mais déjà plus à Chilloy. Aujourd'hui, il ne restait plus que celui de Vincheville, ça foutait le camp petit à petit, tout ça. Thibaudat ne s'était pas contenté de la première communion, il avait servi la messe pendant plusieurs années,

ensuite. C'est lui qui sonnait les cloches à Heudrecourt, pour les baptêmes, les enterrements,
les mariages. Il adorait le ding-dong du carillon
qui lui tournait la tête, tout là-haut dans le
clocher. La religion, ça le tenait drôlement,
Thibaudat, mais il faut bien dire qu'il avait viré
barjot, ces derniers temps, à se trimballer dans
les rues de Feucherolles en djellaba, babouches
aux pieds. Les cloches de l'église d'Heudrecourt,
forcément, il n'y pensait plus trop, accoutré de
la sorte. Le 14 novembre, à 7 h 6, c'est pourtant
un drôle d'angélus qui avait tintinnabulé aux
oreilles des habitants de la ZUP.

Bouleversé, le Marcel se décida enfin à ouvrir
la première lettre. Il tira son couteau de sa
poche, un Laguiole offert par un copain de la
Forpronu, et fendit délicatement l'enveloppe
destinée à Séverine Humbert, 10, rue de la
République, Feucherolles-les-Essarts. Avant de
la lire, il se servit un petit verre de gnôle, pour
s'assurer de tenir le coup.

Chère madame Humbert,
Suite à mes courriers précédents, je tiens à vous
dire que je vous soutiens de tout mon cœur et que j'ai
averti le commissaire Vignot ainsi que la justice des
traitements ignobles que vous fait subir le brigadier
Gilletin. La délivrance ne saurait donc tarder.
Patience ! Je comprends tout à fait que, dans l'état de
grande détresse que vous subissez, vous n'êtes guère

en mesure de résister, mais je vous en conjure, préservez votre petite fille, Agnès, tant qu'il se peut, car, comme je vous l'ai déjà signalé, elle n'ignore rien de la profession que la misère vous a contrainte à exercer. Courage donc, et ne m'en veuillez point si je ne puis vous révéler mon identité. La vie est cruelle, mais parfois, longtemps après l'épreuve, les cœurs purs ont la joie de constater que les sacrifices consentis n'ont pas été vains.

Un ami qui vous veut du bien et qui ne peut, hélas ! décliner son identité.

Maîtrisant son trouble à grand-peine, le Marcel décacheta la lettre qu'aurait dû recevoir Frédéric Georget — maître auxiliaire de français au collège Clemenceau, au cœur de la ZUP — si une fausse manœuvre commise par un postier inconnu n'était venue la soustraire à son destin pour l'enfouir dans une cache de hasard, blottie entre un coin de mur décrépi et un pied de casier de tri vermoulu...

Cher monsieur Georget,
Ne m'en veuillez pas si je viens encore vous importuner. J'imagine sans peine que l'anonymat auquel je suis contraint vous déplaît fortement. Je sais que vous vous débattez dans de grandes difficultés, et que parfois vous en venez à douter de vous-même, du sens de la vie, de la joie d'être de passage, ici-bas, pour quelques décennies seulement. Mais, par pitié, écoutez-

moi ! *Je suis persuadé que vous affronterez victo-
rieusement l'épreuve, que les élèves dont vous avez la
charge reconnaîtront votre mérite et réaliseront toute
la force de l'amour que vous leur portez. De grâce, ne
cédez pas au désespoir. Je sais que vous passez de
longues heures dans votre cuisine, à fixer le tuyau de
l'arrivée du gaz. Renoncez à ce projet stupide. Vous
êtes un homme de valeur. La vie est cruelle, mais
parfois, longtemps après l'épreuve, les cœurs purs ont
la joie de constater que les sacrifices consentis n'ont
pas été vains.*

*Un ami qui vous veut du bien et qui ne peut, hé-
las ! décliner son identité.*

Le Marcel était au comble de l'excitation. Il
répéta à voix haute la conclusion des deux
courriers : « *La vie est cruelle, mais parfois, longtemps après l'épreuve, les cœurs purs ont la joie de
constater que les sacrifices consentis n'ont pas été
vains.* » C'était limpide. Le cabot-chef venait
tout juste de recevoir l'avis du ministère des
Anciens Combattants lui annonçant sa nomination à la Légion d'honneur, soixante-dix-sept
ans après la fin de la Grande Guerre ; alors,
forcément, il se croyait autorisé à exhorter ses
contemporains à une infinie patience ! Le
Marcel dut faire un effort sur lui-même pour se
calmer, parcourut les missives adressées au
docteur Philipeau et au pauvre Dramont, qui
comportaient des encouragements similaires à

ceux prodigués à Séverine ou à Frédéric, et prit enfin connaissance de celle que Laheurtière avait expédiée à Sylvain Thibaudat. Le ton en était différent. Plus rude. Viril.

Mon Sylvain, mon salopiaud,

Tu n'as pas suivi mes conseils malgré toutes les lettres que je t'ai adressées, tant pis pour toi ! Dame, ça commence à faire une paye que je te vois faire le zouave dans ton deux-pièces ! Tu te fous à genoux jusqu'à des cinq fois par jour et autres bêtises qui sont pas des manières de bon chrétien comme te les a enseignées le curé d'Heudrecourt-les-Loges, que j'ai bien connu ! Alors écoute, mon gars, t'avise pas de recommencer à aller peinturlurer les murs de Feucherolles avec des insanités. Ou, foi de cabot-chef, il va t'en cuire ! Des énergumènes de ton acabit, j'en ai maté plus d'un au 56ᵉ d'infanterie, près du Trou du cul du Diable. Mais au moins, les moricauds qui arrivaient en ligne, ils savaient se tenir ! Pas comme tes copains ! La France, dame, ils la respectaient ! Depuis le temps que je t'écris pour ainsi dire anonymement, pour la première fois je te propose un rendez-vous lundi en huit, au bar de chez Vimeux, dans le vieux Feucherolles, à 10 heures tapantes ! Tâche donc d'y être si t'es un homme. On s'expliquera à la loyale.

Caporal-chef Laheurtière, vétéran du 56ᵉ régiment d'infanterie, médaillé de la Légion d'honneur.

Sonné, le Marcel rangea avec fébrilité tous les documents dans son tiroir et en boucla la serrure à double tour. Au-dehors, il faisait déjà nuit noire. Il enfila son battle-dress, farfouilla dans son paquetage de démobilisation, en tira une paire de jumelles Sikorsky, un modèle russe à infrarouge qui autorisait la vision en pleine obscurité. Il les avait confisquées à un prisonnier serbe et carottées sans les déclarer au lieutenant qui commandait sa compagnie, quelques jours avant d'être blessé à la jambe. Une prise de guerre ! Il enfourcha sa Mobylette et se lança sur la route de Feucherolles. Il pleuvait à verse. À cette heure, les rues du village étaient désertes. Il gara sa Mobylette au pied de la butte sur laquelle se dressait la maison du cabot-chef et escalada les marches quatre à quatre. Parvenu au sommet de l'ex-cote 812, il sortit ses jumelles et balaya le paysage qui s'étendait devant lui : les bâtiments de la ZUP et, au premier plan, la rue de la République, celle des Acacias. Quelques rares lampes étaient encore allumées. Il fit le point à l'aide de la molette de réglage et pénétra ainsi, incognito, dans l'intimité des appartements, comme l'avait fait Laheurtière. Il aperçut un couple qui s'envoyait en l'air, quelque part au loin, mais le spectacle, qui d'ordinaire ne lui aurait pas déplu, le laissa indifférent.

L'appartement de Séverine Humbert était désert, plongé dans l'obscurité. Ainsi que celui de Maurice Dramont. Par contre, le studio de

Fabrice Georget avait déjà été reloué. Une jeune femme en chemise de nuit y faisait la vaisselle. Dans l'ex-cabinet du docteur Philipeau, curieusement, une ampoule nue éclairait la pièce où les malades étaient reçus. Le gardien de l'immeuble avait dû oublier d'éteindre. On avait déménagé les meubles, la table d'auscultation, l'écran lumineux sur lequel le médecin lisait les radios. Le Marcel braqua ses jumelles vers l'appartement occupé par Sylvain Thibaudat jusqu'au matin du 14 novembre. Il n'en restait plus rien, rien qu'un trou béant dans la façade. Le Marcel rangea ses Sikorsky, plissa les yeux, posa un genou à terre, pensif, et se passa la main sur le visage pour essuyer la flotte qui continuait de lui dégouliner sur la tête.

Laheurtière avait en quelque sorte espionné tous ces gens, mais pour la bonne cause ! Informé de leurs malheurs, il avait entretenu une correspondance à sens unique avec eux, essayant de leur remonter le moral, ou de les mettre en garde, dans le cas de Sylvain Thibaudat. Perché telle une vigie au-dessus de la ZUP, face à cet océan de souffrances secrètes, le vieux soldat s'était senti investi d'une mission, comme jadis, quand il veillait sur son escouade de poilus, au fin fond du Trou du cul du Diable. Cela ne servit à rien. Le 14 novembre, peu après 7 heures, tous les protégés de Laheurtière périrent. Était-ce parce qu'ils n'avaient pas reçu sa dernière missive ?

4

Le maître chanteur

Séverine Humbert n'avait que trente-quatre ans. Sa fille Agnès, douze. Depuis plusieurs mois, après avoir passé une petite annonce dans *Feucherolles Boum-Boum,* annonce proposant des « séances de relaxation pour messieurs stressés », Séverine recevait ses clients à domicile. La petite Agnès n'était pas dupe. Quand elle rentrait du collège, de sa chambre voisine elle entendait les clients de sa mère manifester leur profonde satisfaction. Séverine n'avait pas le choix. En « fin de droits » sans aucune ressource, elle s'était résignée à cet expédient. Le brigadier Gilletin passait tous les matins, avant d'aller prendre son service au commissariat. Il se faisait masser en échange de sa protection. En effet, quelques mauvais plaisants s'étaient mis en tête de taxer Séverine. Le 14 novembre, en pleine séance de relaxation, la petite Agnès fit irruption dans la chambre de sa mère. À l'aide d'un couteau de cuisine, elle poignarda le brigadier à six reprises. Puis, ses deux poings solidement agrippés au manche de l'arme, elle se la planta en plein cœur. Folle de douleur, Séverine Humbert se précipita vers la fenêtre et la fracassa d'un coup de tête. Les éclats de verre lui tranchèrent la carotide.

Comme tous les matins, Fabrice Georget s'apprêtait à se rendre au collège, où il prenait son service à 8 heures. Il préférait arriver un peu en avance pour préparer ses polycopiés et corriger quelques devoirs en salle des profs. Insulté à longueur de journée par ses élèves, à plusieurs reprises couvert de crachats dans les couloirs, Georget avait demandé sa mutation. En vain… Le 13 novembre, pour la première fois, il craqua. De toutes ses forces, il gifla Moktar Lakdaoui, un gamin de la troisième techno, qui habitait son immeuble et s'était amusé à vider le contenu de quelques sacs-poubelles devant la porte de son prof en signant son méfait d'un bombage sur le mur. En sortant de chez lui le 14 novembre, Fabrice Georget croisa Moktar, qui ricana et lui promit une vengeance en bonne et due forme pour la gifle de la veille. Fabrice empoigna Moktar, l'entraîna chez lui, le tabassa avant de le ligoter sur une chaise, ouvrit à fond le robinet du gaz et alluma paisiblement une cigarette.

Maurice Dramont n'avait pas fermé l'œil de toute la nuit du 13 au 14 novembre. Un postier était passé durant l'après-midi pour délivrer le recommandé annonçant qu'il serait prochainement expulsé de son logement en raison des loyers impayés depuis plus de dix-huit mois. Dramont ne voyait plus comment remonter la pente. Il sortit son fusil de chasse du placard et abattit sa femme puis ses quatre enfants dans leur sommeil. Ensuite, il rechargea posément son arme, se posta à sa fenêtre et fit un carton sur la file d'attente du bus, en bas de l'immeuble. Il épuisa ses cartouches, avant de se réserver la dernière.

Le docteur Philipeau n'en pouvait plus, lui non plus. Depuis des années, il recevait les malades de la ZUP, qui n'avaient la plupart du temps pas assez d'argent pour payer ses consultations. Submergé par la détresse qui l'entourait, il avait pris la mauvaise habitude de s'injecter un peu de morphine, tous les soirs. Il signait lui-même les ordonnances et se rendait à la pharmacie d'Heudrecourt afin de se faire délivrer le produit, prétextant qu'il agissait pour le compte d'un de ses malades. Tôt ou tard, le pharmacien se douterait de la supercherie ; aussi valait-il mieux prendre les devants. Le 14 novembre, peu après 7 heures, le docteur Philipeau ouvrit grand la fenêtre de son cabinet et sauta dans le vide.

Sylvain Thibaudat passa une bonne partie de la nuit du 13 à prier, agenouillé sur son tapis.

Le 14, ainsi qu'il en avait décidé avec les membres du petit groupe activiste qu'il avait réuni autour de lui, serait un grand jour. Tous ils avaient visionné la vidéo qui enseignait comment fabriquer l'engin. La poudre, la bonbonne de gaz, le réveil, les clous, c'était simple. Tout était prêt. Les copains de Thibaudat arrivèrent peu avant 7 heures au 7 de la rue des Acacias. La bombe n'était qu'un prototype. Avant de choisir une cible réelle, mieux valait tester la machine infernale quelque part dans les bois de Vincheville, mais l'une des recrues de Thibaudat ne put résister au plaisir de la manipuler. La moitié de l'étage fut soufflée. Heureusement, les logements voisins étaient vides.

Toute cette misère, cet abîme de désespérance, cet égarement sans fin, le Marcel en avait lu le compte rendu dans la presse, après le drame. L'écheveau en fut patiemment dévidé, ligne après ligne, au fil des articles. Lentement, il descendit de la butte et récupéra sa Mobylette.

Rentré chez lui, il passa une nuit pénible, agitée de cauchemars. Au réveil, il se prépara un grand bol de café sans quitter des yeux le tiroir dans lequel étaient enfermées les lettres de Laheurtière. Il n'était pas bien malin, mais tout de même. De ses lectures, il déduisit que, au moins en ce qui concernait Séverine Humbert, le commissaire Vignot et Sénéchal avaient été avertis par le cabot-chef du drame qui couvait. Sans réagir. Mais il y avait pire : dans chacune des lettres de Laheurtière, il était clairement fait allusion à des courriers antérieurs. Or jamais au cours de l'enquête il n'en avait été fait mention. Aucune trace, vraiment ? Passe encore chez Thibaudat, dont l'appartement fut volatilisé. Mais chez Georget ? L'explosion avait laissé la chambre intacte... Et chez Dramont ? Chez le docteur Philipeau ? La conclusion s'imposa d'elle-même dans la petite cervelle obtuse du Marcel : il était plus que probable que Vignot et Sénéchal, ces deux margoulins, s'étaient entendus pour faire disparaître les preuves de leur incompétence. Avec, qui sait ? la complicité de ce personnage dont le Marcel ne parvenait pas exactement à saisir la fonction : le substitut du procureur. Un certain Dampierre. Les lettres précédentes du cabot-chef, ils les avaient retrouvées chez les victimes du SFE et escamotées ! Tous les trois !

Vimeux, fort perplexe, ne comprit absolument pas pourquoi le Marcel affichait une mine aussi réjouie en venant boire son petit coup de blanc sec à la sortie du boulot ce soir-là...

Il aurait pu poser la question à Sénéchal dès le lendemain midi. Le maire de Feucherolles annula tous ses autres rendez-vous pour recevoir l'expéditeur d'un fax arrivé la veille. Sénéchal avait pâli en parcourant les premières lignes.

Chère madame Humbert,
Suite à mes nombreux courriers précédents, je tiens
à vous dire que je vous soutiens de tout mon cœur et
que j'ai averti le commissaire Vignot ainsi que la
justice des traitements ignobles que vous fait subir le
brigadier Gilletin. La délivrance ne saurait donc tar-
der. Patience !

Etc. Du fond de sa tombe, ce vieux casse-couilles de Laheurtière continuait de l'emmer-der ! Les foutues lettres ! Elles n'avaient donc pas toutes été détruites ! Certaines se baladaient toujours dans la nature, entre des mains mal-veillantes ! Quelqu'un savait ! Quelqu'un qui pouvait l'accuser de toutes les turpitudes, lui, Sénéchal, bousiller toute sa prochaine campa-gne électorale, et pis encore... S'il résistait, refusait de céder au chantage, il pourrait certes entraîner dans sa chute Vignot et Dampierre, mais à quoi bon ? Il les vit se rebiffer dans le box des accusés, se chamailler, s'étriper, lui refiler au jeu de la patate chaude la responsa-bilité du drame du 14 novembre. L'image était nette, d'une précision aveuglante. Ils étaient là, tous trois réunis, à cligner des yeux sous les flashes des photographes à leur sortie du palais de justice, entre deux haies de gendarmes. Pitoyables dans leur déchéance. Sénéchal en frissonna d'épouvante... La copie de la lettre de Laheurtière était suivie d'une proposition de rendez-vous à la mairie « *en faim de matinez* » *[sic]*. Il n'y avait pas de signature. Aussi, quand il aperçut le Marcel, de Chilloy, qui patientait à l'heure dite dans le couloir contigu à son bureau, crut-il à un malentendu. Il s'apprêta à le virer, à le renvoyer à son tri postal, mais il dut en rabattre. Le Marcel mâchonnait un chewing-gum et se curait le nez avec désinvolture. Personne d'autre n'attendait.

« C'est… c'est donc toi ! T'en as beaucoup, des lettres de Laheurtière ? » demanda Sénéchal, la gorge nouée.

Le Marcel confirma d'un simple hochement de tête. Sénéchal sentit ses épaules s'affaisser. Le maître chanteur avait eu tout le temps de ruminer ses exigences. Une demi-heure plus tard, le marché fut conclu. La commune de Feucherolles-les-Essarts pourrait bientôt s'enorgueillir de compter parmi son personnel un « conseiller sécurité » particulièrement aguerri. Sa tâche, assez vague mais stratégique, consisterait à avertir le premier magistrat de la ville des dangers menaçant ses administrés, sans pour autant empiéter sur les plates-bandes de la police. Il bénéficierait d'un bureau, une ligne budgétaire de notes de frais lui serait allouée, et il n'aurait à rendre compte de ses activités qu'au maire en personne, au vu du caractère confidentiel de ses activités…

Sénéchal régnait en seigneur sur son conseil municipal, aussi la nomination du « conseiller sécurité » ne posa-t-elle aucun problème. Bien au contraire. On salua la clairvoyance du maire. Sa détermination sans faille à prévenir une hypothétique récidive du SFE. De plus, la recrue était un gars de Chilloy, un enfant du pays ! Que demander de plus ?

5
La confession d'Hortense

La vie poursuivit son cours monotone. Le
Marcel prit un peu de lard, se rasa les cheveux
pour épater son monde et mieux coller au personnage de barbouze qu'il s'ingéniait à camper
avec le plus grand sérieux. Auréolé d'un pres-
tige qui ne devait plus rien à l'uniforme mais
bien au caractère mystérieux de sa nouvelle
mission, il connut un regain d'affection auprès
des demoiselles fort délurées qui croisaient
haut les cuisses sur les tabourets du Devil's Bar,
le premier samedi soir de chaque mois, à Heudrecourt-les-Loges. À la mairie, les employés
municipaux s'habituèrent à sa présence. À dire
vrai, il ne passait que fort peu de temps dans
son bureau, sauf à l'heure de la sieste. Un observateur impartial en serait venu à la conclusion
que le poste de guet idéal pour juger des problèmes de sécurité dans la ZUP était bizarre-
ment le zinc du café de Vimeux, situé en plein
cœur du vieux Feucherolles !

Aux premiers jours de l'été 1996, le père du Marcel cassa sa pipe à l'hospice d'Heudrecourt-les-Loges. Une lourde bâtisse de brique rouge, aux murs couverts de lierre, qui abritait des salles longues comme un jour sans pain où l'on parquait les vieillards de la région devant des jeux de dames ou de dominos. Tandis que les employés des pompes funèbres préparaient leur fourgon pour conduire le défunt jusqu'au cimetière de Chilloy, le Marcel se dégourdit les jambes dans les jardins puis s'assit sur un banc.

À peine avait-il allumé un cigare qu'il vit·arriver une vieille dame cassée par l'arthrite. Affublée d'une robe de chambre grise bien trop grande pour elle, chaussée de charentaises à fleurs, coiffée d'un petit calot bleu destiné à protéger son crâne à demi chauve des ardeurs du soleil. Au poignet droit, comme tous les autres pensionnaires de l'établissement, elle portait un petit bracelet de simple ficelle qui retenait un carré de plastique rose indiquant un numéro. En l'occurrence, le 712. Elle prit place au côté du Marcel sans même lui adresser la parole. Sous son bras, elle serrait précautionneusement une boîte à chaussures entourée d'un élastique. Sitôt assise, elle ouvrit sa boîte, se balança d'avant en arrière, marmonna des phrases incompréhensibles et se plongea dans la lecture d'articles relatifs à la tuerie qui avait endeuillé Feucherolles-les-Essarts le matin du

14 novembre 1995. Ses doigts tordus par les rhumatismes, aux ongles noirs de crasse, crochetaient les extraits de presse l'un après l'autre, et, sitôt qu'elle les avait parcourus, elle les pliait, avant de les ranger dans leur réceptacle de carton. Le Marcel, penché sur l'épaule de l'ancêtre qui ne prêtait absolument pas attention à lui, reconnut les articles, les photos qui l'avaient tant fasciné et qu'il avait lui aussi archivés ! Tout au fond de la boîte à chaussures reposait un carnet toilé de noir, aux pages écornées, dont la tranche s'effilochait. La vieille l'ouvrit après avoir esquissé un signe de croix sur son front, ses lèvres, son cœur. La page de garde ne comportait que quelques mots : *Sous le feu au 56ᵉ d'infanterie.* Tracés à la plume, d'une écriture fine, précise, riche de pleins et de déliés.

À cet instant, le responsable des pompes funèbres appela le Marcel. Il grimpa à bord du fourgon mortuaire et s'en fut enterrer son père. Sitôt la cérémonie terminée, expédiée en moins d'une heure, il revint à l'hospice d'Heudrecourt. Il voulait savoir qui était la pensionnaire immatriculée 712. Le médecin-chef lui expliqua qu'il s'agissait d'Hortense Flocquart, native de Sointre-sur-Vixe. Il tressaillit à l'énoncé du nom, sachant par Vimeux qu'elle avait vécu quelque temps avec le cabot-chef, dans la seconde moitié des années 20… Tout le monde l'avait crue morte, puisqu'elle ne s'était pas présentée à l'enterrement du célèbre poilu. Recluse dans son mouroir, elle n'avait été avertie de la triste nouvelle que trois jours plus tard.

Le Marcel dut faire preuve de patience. Il lui fallut quelques après-midi de palabres pour convaincre Hortense de le laisser consulter le carnet toilé de noir qu'elle cachait au fond de sa boîte à chaussures. Il ne se sentait pas le cœur d'agir à la dérobée, durant son sommeil, ou, pis encore, de passer outre à ses éventuelles protestations en confisquant l'objet, comme le lui conseilla le médecin-chef ! On peut avoir une âme d'escroc, de maître chanteur, et conserver malgré tout un reste d'humanité...

Hortense Flocquart se décida à se confesser quand le Marcel lui montra le portrait dédicacé de la main de Laheurtière. *À mon ami, mon camarade, mon frère d'armes, Marcel, de Chilloy...* Ces mots agirent à la manière d'un sésame qui permit de pénétrer les tranchées sinueuses de la mémoire de la vieille femme.

« Dieu qu'il était beau, l'cabot-chef, dans son uniforme, marmonna-t-elle, les larmes aux yeux. On s'est mis en ménage à l'été 25, seulement voilà, en 18, tout à la fin de la guerre, il avait pris un pruneau boche à un endroit délicat, ce qui fait qu'il était plus trop d'active du côté de la chose, si vous me suivez bien... Alors on s'est séparés. Dame, faut pas m'en vouloir ! J'étais jeune ! »

Elle égrena ses souvenirs, des heures durant, de sa toute petite voix, ravie de trouver quelqu'un à qui parler après des années de mutisme forcé. Depuis qu'elle était arrivée à l'hospice, en 1982, plus personne ne s'intéressait à elle. Elle conta l'histoire du carnet toilé de noir. Laheurtière n'en finissait plus de la lui seriner, sa guerre, le soir, quand ils se retrouvaient tous les deux, au chaud sous la couette. Alors qu'il y avait mieux à faire, pardi !

Hortense en eut assez, de ce monologue interminable, répété soir après soir. À force de patience, elle parvint à décider Laheurtière à consigner ses faits d'armes par écrit.

« Dame, c'était pas si bête ! s'écria-t-elle en arrondissant sa bouche édentée dans une tentative de sourire. C'est que, des poilus qui racontaient, il y en avait beaucoup, dans les journaux, et même dans des livres ! Comme ça, j'ai pensé que même s'il ne me chatouillait pas sous la couette, comme il aurait dû faire, au moins il se tairait... Écrire, c'est qu'il en était rudement capable, il avait son certificat d'études ! »

Laheurtière s'y mit. Il rédigea l'ébauche d'un récit. *Sous le feu au 56ᵉ d'infanterie.* Une simple esquisse dont il se lassa bien vite. Il lui importait plus de sillonner la campagne à la recherche de fragments de mitraille que de coucher des mots sur le papier. Hortense expliqua au Marcel que, lors de leur séparation, Laheurtière lui avait offert le carnet.

« C'était comme qui dirait un cadeau d'adieu, murmura-t-elle d'une voix presque inaudible. À la place de l'enfant qu'il a pas pu me donner... »

Elle le tenait entre ses mains agitées de tremblements incessants et l'ouvrit pour le feuilleter. Le cabot-chef avait agrémenté son récit de moult cartes et croquis ; l'encre avait déteint par endroits, la moisissure rongeait certaines pages.

« Tout ça, reprit Hortense, je l'avais oublié, et c'est quand il y a eu le carnage à Feucherolles, le 14 novembre, que j'y ai repensé. Parce que, quand même, on dira ce qu'on voudra, il y a des choses pas normales... Depuis, j'y repense sans arrêt, et ça me donne le tournis dans la tête ! Ici, on reçoit les journaux, alors j'ai tout découpé, pour essayer de comprendre, mais peut-être bien qu'à mon âge j'ai plus toute ma raison, tandis que vous, vous êtes jeune... »

C'est ainsi que le Marcel quitta l'hospice d'Heudrecourt-les-Loges, le précieux carnet en poche. De retour à Chilloy, il étudia la prose du cabot-chef avec minutie. Certains passages lui donnèrent le vertige.

6
C'est arrivé demain...

Novembre 16. Depuis plus de huit jours, nous sommes aux avant-postes, cote 814, les gars de mon escouade et moi. Le Boche est déchaîné, ça marmite à tout va. Enfin l'ordre de repli, en pleine nuit. L'escouade quitte la tranchée, les hommes sont couverts de boue, de sang, épuisés. Nous marchons une bonne heure pour arriver aux premières casemates aménagées pour le repos. Nous soufflons un peu, tandis que le ciel explose sous les fusées éclairantes. À la popote, les cuistots qui nous servent le rata et un litron de pinard par tête de pipe nous racontent alors une histoire horrible. En provenance de Sointre-sur-Vixe, un hameau perdu dans la plaine. Sointre récemment occupé par les Boches et libéré par une attaque fulgurante de la 8e brigade. L'histoire ? Celle d'une pauvresse, Louise X... Avant guerre, déjà, elle avait eu quelques faiblesses : tombée dans la misère, elle se faisait culbuter par les paysans, derrière le mur du cimetière, pour quelques pièces de cent sous. Sa fille, Adélaïde, pauvre petiote, assistait aux séances. Bref,

il n'y a pas plus de trois mois, les Pruscos occupent
Sointre, et un capitaine de chez eux met la Louise à
l'amende avec obligation de passer à la casserole.
Louise s'incline, le Prusco se fait astiquer la... tous
les matins, jusqu'au jour où la petiote Adélaïde, rendue folle par tant d'infamie, pénètre dans la chambre,
lui plante un coutelas dans le dos en pleine séance
avant de se trancher elle-même les veines. La Louise,
désespérée, se fracasse la caboche contre un mur. À
l'écoute de ce récit, mes poilus deviennent fous de
rage. C'est tout juste s'ils terminent leur ration de
pinard. Ils ont les larmes aux yeux, et Dieu sait que
je ne commande pas une bande de mauviettes ! Soudain, un adjudant déboule dans la cagna et gueule
au contrordre. Repos annulé ! Il faut repartir en première ligne, dare-dare ! Cette nuit, c'est sûr, mes poilus vont durement canarder le Boche, en souvenir de
la petite Adélaïde et de sa mère. (...)

Février 16. La pluie, la neige, le gel. Face à nous,
cote 813, derrière les talus de la route de Vincheville,
le Boche se tient peinard pour la première fois depuis
des semaines. Malgré le froid qui pince les c..., les
gars savourent le repos bien mérité, mastiquent paisiblement le contenu de leurs boîtes de singe. Des jours
durant, ils n'ont guère épargné leur peine à charrier
des sacs de sable, des planches pour fortifier la position sur la cote 815. C'est sûr, ce coup-ci on va tenir
et non pas reculer comme on l'a fait à six reprises depuis l'été, avant de regagner péniblement la position

mètre après mètre en y laissant des copains en tel nombre que c'en est incroyable. Le lieutenant arrive du PC avec le vaguemestre, ses musettes chargées de courrier, des lettres et des colis. C'est toujours un moment important, pour nous autres qui n'en pouvons plus de croupir dans nos boyaux sans nouvelles de chez nous. Le lieutenant vient vers moi, la mine sombre.

« *Chantrier, c'était bien un gars de ton escouade ?* » qu'il me demande.

Je me souviens de Chantrier, forcément, un grand type taciturne, parti en perm' la semaine passée. Il n'en pouvait plus de la vie des tranchées, je l'avais bien vu. Déjà que dans le civil il était dans la débine, rapport à son échoppe de cordonnier qui battait de l'aile. Le 10 août 1914, la mobilisation l'avait arraché à ses soucis, le Chantrier, à ses quatre gosses qu'il n'arrivait plus à nourrir, à sa rombière qui le traitait d'incapable.

« *Tu sais ce qu'il a fait, chez lui, à peine arrivé en perm' ?* me demande le lieutenant. Figure-toi qu'il a décroché son fusil de chasse et qu'il a flingué sa régulière et ses quatre loupiots. Après, il a canardé les gars du village qui s'étonnaient des coups de feu et marchaient vers la maison… * »

Je n'en reviens pas. Et, pourtant, ni moi ni le lieutenant n'avons le temps de nous attendrir. Les artilleurs boches viennent de nous envoyer un coup de shrapnell dans les naseaux, à ras du parapet de la tranchée, les vaches ! Nous nous retrouvons entremêlés l'un l'autre, cul par-dessus tête, la bouche pleine de terre, de neige.

Juin 17. C'est l'épouvante. Non contents de nous rassasier à coups d'obus de 77, de saper nos tranchées à la mélinite, voilà-t-il pas qu'à présent les Fritz nous envoient les gaz ! Leur saloperie d'ypérite. Un nuage jaunâtre qui file au ras du sol, entre nos tranchées et les leurs. Rabattu par le vent, le gaz nous enveloppe, et alors malheur à celui qui ne porte pas son masque ! J'en ai vu, des copains tordus par la douleur, qui suffoquaient comme des rats en se frappant la poitrine, la bouche pleine de glaires. Rien à faire pour eux. Trop tard. Deux semaines, ça dure deux semaines, le vent du nord n'arrête pas de souffler d'Heudrecourt-les-Loges, pile dans notre direction, droit sur le Trou du cul du Diable ! Deux semaines d'alerte aux gaz, jusqu'à des deux, trois fois par jour. Les gars n'en peuvent plus, les poux et les punaises sont bien au chaud sous les masques, la vermine nous bouffe la peau du crâne. Ceux de la 7ᵉ section ont fait un prisonnier boche, presque un gamin. Ils le gardent avec eux, en attendant que les huiles viennent l'interroger. C'est un certain Salabert, un petit lieutenant, instituteur dans le civil, qui commande, là-bas, à deux cents mètres à peine de chez nous. À la 7ᵉ ils n'ont pas eu de chance, les trois quarts de leurs gars sont restés enterrés dans un boyau qui s'est effondré. Le lieutenant Salabert est déchaîné, ça c'est pas bon. Un officier, ça doit garder son calme. Le petit prisonnier boche n'a même pas l'air d'avoir les foies au milieu de ces poilus qui ont salement dégusté. Il se marre, insulte tout le monde dans son sabir, sans que personne y comprenne grand-chose. Et soudain c'est le drame. Nouvelle attaque aux gaz, les obus pètent juste devant nous, on les reconnaît au bruit mou qu'ils font en s'écrasant sur le sol. Tous les copains se terrent au fond des boyaux. Des cris étouffés, ça gueule du côté de la 7ᵉ section. On jette un œil par-dessus les sacs de sable. Nom de Dieu ! le lieutenant est devenu brinde-zingue, il a enjambé le parapet en poussant son petit prisonnier boche devant lui, il lui botte le cul pour le faire avancer ! Les voilà tous les deux les pieds entortillés dans les barbelés. En face, les Boches doivent reconnaître l'un des leurs, alors forcément ils ne tirent pas. Soudain, le petit lieutenant arrache le masque à gaz du prisonnier, puis le sien, et se met à rire aux éclats en allumant une cigarette. Les poilus de la 7ᵉ section ne veulent pas voir ça, mais, nous, on ne peut plus détacher nos yeux de ces deux pauvres bougres qui commencent à dégueuler en se débattant dans les barbelés. (…)

Décembre 17. La relève, après deux semaines d'affilée en première ligne, face aux collines de Sointre-sur-Vixe. Pas de perm' au pays pour cette fois, simplement la promesse de quelques jours au calme à l'arrière, à Feucherolles, huit kilomètres plus au sud. Le village a salement dérouillé l'année passée, mais comme le front n'a plus reculé depuis des mois les gens du

coin se mettent à reconstruire. Dans mon escouade,
quelques blessés légers. Je les conduis à l'hôpital de
campagne installé dans l'église de Feucherolles. J'espère des retrouvailles bien agréables avec le docteur
Poterat, le médecin-major bien connu de tout le 56ᵉ
d'infanterie. Un type en or, qui se dépense sans compter depuis le début de la guerre. Il a appris la chirurgie
sur le tas. Doit en être au moins à sa millième ampu-
tation. Passe ses nuits au chevet des gars, gentil, ser-
viable, capable de tenir la main à un mourant des
heures d'affilée. Quand j'arrive, pas de docteur Poterat, mais une petite gouape qui nous vient tout droit
de la faculté de Paris. Pète-sec comme c'est pas permis.

« Poterat ? qu'il me dit en ricanant. Vous risquez
plus de le revoir ! Il s'est pris pour un aéroplane ! »

Et il me tourne le dos. Nous sommes habitués, nous
autres, à ces curieuses manières des gens de l'arrière.
Dame, quand nous arrivons des tranchées, tout crottés
de boue, avec nos têtes de déterrés, on a l'air de vrais
sauvages, alors ça n'est guère étonnant qu'on nous
traite comme tels. C'est d'une gentille infirmière que
j'ai déjà connue à mon dernier séjour que j'apprends
la vérité. Le pauvre Poterat a viré brindezingue, tout
d'un coup. Il est grimpé tout en haut du clocher de
l'église et il s'est balancé dans le vide. Il supportait
plus l'odeur du cadavre, de la gangrène, du sang, la
puanteur du front. L'infirmière me chuchote à l'oreille
qu'il paraîtrait que dans les dernières semaines, pour
tenir le choc, il se piquait à la morphine, en choura-
vant des fioles à la pharmacie du régiment. (...)

Octobre 18. Ce coup-ci, ça y est, le Boche recule, le front craque de partout, des Flandres aux Ardennes, de l'Artois à la Somme ! Au 56ᵉ, on attend l'ordre de l'assaut final. Il y a des signes qui ne trompent pas. Des généraux qui arrivent en pagaille visiter les cagnas, le rata qui devient mangeable, le pinard qui coule en abondance dans nos bidons, et même de la gnôle, un litre pour dix hommes. Et les camions, une chiée de camions qui amènent les renforts. Ils tournent au loin vers Feucherolles, vers Chilloy ; à les observer à la jumelle, on dirait de gros escargots qui rampent sur le sol. Autre signe qui ne trompe pas et qui annonce l'offensive : les moricauds sont arrivés en première ligne ! Des zouaves, avec leurs drôles de pantalons. Ils baragouinent entre eux, se mêlent pas trop aux anciens, gueulent tant qu'ils peuvent, rapport à leur religion, quand les cuistots leur refilent des gamelles pleines de saucisses, de boudin ! Les gars les moquent, mais attention, il faut reconnaître que ces arbis n'ont pas froid aux yeux. Je les ai déjà vus charger à la baïonnette, ça ne s'oublie pas. (…)

En attendant l'attaque, les officiers réfléchissent. C'est sûr, on va y aller. Mais par où ? Face à nous, nord quart nord-est, devant les bois de Vincheville, le sol est farci de mines, les gars qui y sont allés en patrouille s'en souviennent encore. À l'ouest, pas de chance, les marécages ! Reste juste une petite langue de terre sèche, à découvert, que les mitrailleuses boches tiennent dans leur visée. Pas question de s'approcher, *ça serait le massacre. À l'est, vers Heudrecourt, le terrain est en dénivelé, et il faudrait partir à l'assaut avec les Pruscos planqués là-haut, sur la crête des collines, confortablement installés pour faire leur carton, comme à la foire ! Seule solution, décidément, foncer droit devant, tant pis pour le champ de mines !*

C'est un certain capitaine Dommel qui commande la compagnie de zouaves arrivée en renfort du 56ᵉ. Un type bravache, qui aime bien en mettre plein la vue aux autres galonnés, à ce qu'il paraît. Le champ de mines, il en fait son affaire. « On passera, nom de Dieu ! » qu'il gueule. Et voilà qu'il envoie une première section de ses zouaves en plein dessus ! Au petit trot ! En moins de deux minutes, ça tourne au carnage, les arbis se font tailler la couenne par le feu qui leur pète dans les jambes, dans les c..., à ras du sol ! Dame, ça ne l'émeut guère, le capitaine Dommel ! Il envoie une deuxième section, une troisième, une quatrième. À contempler cette boucherie, les gars du 56ᵉ en ont les larmes aux yeux, la tripe toute retournée. Il ne doit plus y en avoir beaucoup, des mines, à cette heure ! Il reste une cinquième section de moricauds, planquée derrière le parapet. Ils ont vu leurs copains sauter sans broncher. Mais ils sont d'accord pour terminer l'ouvrage. En voilà deux qui s'approchent du 'pitaine et qui le font basculer par-dessus le parapet. Un de chaque côté, ils l'agrippent sous les aisselles et se mettent à courir en gueulant. C'est comme ça que j'ai vu mourir le capitaine Dommel et toute sa compagnie de zouaves, de mes yeux vu, devant les bois de Vincheville...

Le Marcel referma le carnet du cabot-chef Laheurtière, atterré. Pas plus que la vieille Hortense, il n'avait d'explications. Il alla lui rendre visite le lendemain, à l'hospice, et le lui dit. Ils se promenèrent dans le parc, longuement.

« Gardez-le... lui dit-elle alors qu'il s'apprêtait à lui rendre le carnet. Moi, je n'en ferai rien, tandis que vous, peut-être... »

Sitôt qu'il fut de retour à Feucherolles, le Marcel acheta quelques outils au supermarché, entreprit de débroussailler le jardin et de nettoyer la maison du cabot-chef, en haut de la butte de la cote 812. Il inspecta soigneusement la bâtisse, constata qu'il n'y avait que de menus travaux à effectuer avant de la rendre de nouveau habitable, et s'enquit auprès de Sénéchal des possibilités d'achat. Le maire n'avait rien à refuser à son « conseiller sécurité », aussi la maison, dont la municipalité disposait puisque Laheurtière n'avait pas d'héritier, lui fut-elle vendue pour une bouchée de pain. Le Marcel s'y installa très vite, après avoir déménagé quelques meubles de Chilloy. Au café, chez Vimeux, tout le monde crut qu'il était tombé sur la tête, mais, une fois la surprise passée, on ne posa plus de questions. On n'en posa pas plus quand il prit des cours du soir pour améliorer son orthographe plus que défectueuse.

« Ce serait-y qu'y serait un peu moins con qu'il en a l'air ? » demanda Vimeux à ses clients.

Les avis étaient partagés. Il y avait les envieux, qui jalousaient son poste à la mairie, les méfiants, qui le prenaient pour une sorte de gendarme dont il ne fallait pas dire de mal, et les indifférents, qui pensaient qu'après tout, dame, chacun fait comme il voit.

Et depuis, tous les soirs, sauf le premier samedi de chaque mois où il va dire un petit bonjour aux demoiselles assez délurées qui s'asseyent sur les hauts tabourets du Devil's Bar, à Heudrecourt-les-Loges, le Marcel scrute à la jumelle la ZUP de Feucherolles, les cotes 813, 814, 815, l'ex-Trou du cul du Diable. Il n'a encore trouvé personne à qui écrire, mais ça ne saurait tarder...

DU MÊME AUTEUR

Aux Éditions Gallimard

Dans la collection Série Noire

MYGALE, *n° 1949* (« Folio policier », *n° 52*. Édition révisée par l'auteur en 1995).

LA BÊTE ET LA BELLE, *n° 2000* (« Folio policier », *n° 106*).

LE MANOIR DES IMMORTELLES, *n° 2066* (« Folio policier », *n° 287*).

LES ORPAILLEURS, *n° 2313* (« Folio policier », *n° 2*).

LA VIE DE MA MÈRE !, *n° 2364* (« Folio », *n° 3585*).

MÉMOIRE EN CAGE, *n° 2397*. Nouvelle édition (« Folio policier », *n° 119*).

MOLOCH, *n° 2489* (« Folio policier », *n° 212*).

Dans la collection Page Blanche

UN ENFANT DANS LA GUERRE. *Illustrations de Johanna Kang* (« Folio junior édition spéciale », *n° 761*).

Dans « La Bibliothèque Gallimard »

LA BÊTE ET LA BELLE. *Texte et dossier pédagogique par Michel Besnier*, n° 12.

Chez d'autres éditeurs

LE SECRET DU RABBIN, *L'Atalante* (repris dans « Folio policier », *n° 199*).

COMEDIA, *Payot.*

TRENTE-SEPT ANNUITÉS ET DEMIE, *Le Dilettante.*

LE PAUVRE NOUVEAU EST ARRIVÉ, *Méréal.*

L'ENFANT DE L'ABSENTE, *Seuil.*

ROUGE C'EST LA VIE, *Seuil.*

LA VIGIE, *L'Atalante* (Folio n° 4055).

AD VITAM AETERNAM, *Seuil.*

COLLECTION FOLIO

Composition Nord Compo.
Impression Société Nouvelle Firmin-Didot
à Mesnil-sur-l'Estrée, le 15 décembre 2004.
Dépôt légal : décembre 2004.
Numéro d'imprimeur : 71274.

ISBN 2-07-031592-4/Imprimé en France.